Gérard Hubert-Richou

La Mallette de cuir jaune

Illustrations

Jérôme Brasseur

éditions sed

Dans la même collection

Une Amitié en péril
Dominique Rebourg

L'Énigme des statuettes
Dominique Rebourg

L'Invasion des Téliens
Dominique Rebourg

Le Piège savoureux
Gérard Hubert-Richou

L'Enfant naufragé
Christian Lamblin

Machination souterraine
Gérard Rajeot

Le Survivant
Christian Lamblin

Course poursuite
Gérard Rajeot

2, rue Chappe – ZAC Les Garennes – 78130 Les Mureaux
Site internet : www.editions-sed.fr
ISBN : 2-86893-690-3
Réf. 14508

1

12 juillet : le contenu de la mallette

« Morbleu ! Cette fois, je n'y tiens plus ; les crampes me dévorent de partout... Si ce n'est point le carrosse de notre homme qui se présente là-bas, je quitte cet inconfortable perchoir ! »

Un grondement de roues ferrées et de sabots sur les pavés, résonnait du côté de la rue de Boucharat.

Voilà une bonne demi-heure que, après mille ruses, Louis-Dominique Cahuzet et Martin, son frère cadet, épiaient les alentours, allongés face à face sur le chapiteau qui surmontait le portail d'un hôtel particulier, sis* à l'angle du Temple, rue Vendôme. La nuit était tombée depuis une bonne demi-heure, mais la rue restait très animée.

« J'espère que notre plan d'attaque est bien ancré dans ta petite tête de caboche, Martin ?

– Bien sûr, fit celui-ci, un peu vexé d'être sous-estimé.

– Répète-moi de quelle façon tu dois agir. »

*** *Sis : situé.***

Martin tortilla son museau pour ravaler sa rancœur, releva la frange qui cachait ses yeux noisette.

« Crois-tu que l'instant soit bien choisi pour...

– Vite, je te dis ! C'est lui. Je reconnais ses alezans[1] ! La moindre faille dans mon plan et nous échouons. »

Martin tourna la tête mais, de sa position, il ne pouvait encore distinguer l'attelage.

« Les renseignements que j'ai obtenus de la blanche et finaude Pernelle n'étaient donc pas faux, ironisa-t-il.

– Pour une fois que tes sources offrent quelque crédit. Alors, je t'écoute.

– Très bien... Donc, dès que la voiture est entrée dans...

– Chut ! Plus le temps, tiens-toi prêt. »

Ripant[2] sur le pavé poli, les chevaux s'étaient arrêtés, naseaux fumants contre les vantaux du lourd portail qui s'ouvrit aussitôt. Le cocher fit claquer sa chambrière[3] et, de la voix, encouragea ses bêtes à cambrer leurs reins puissants dans un brutal et dernier effort. Les fers lancèrent des étincelles. L'écho de leur

(1) ***Alezans :*** *chevaux de robe fauve.*

(2) ***Riper :*** *déraper, glisser en frottant.*

(3) ***Chambrière :*** *fouet à long manche.*

dérapage résonna sous la voûte. La roue arrière gauche râpa la borne de pierre. La voiture entra dans la cour en bringuebalant[1]. Les portes se refermèrent, claquèrent sourdement. On avait hâte de se mettre à l'abri, semblait-il ! Aurait-on quelque chose à cacher ? Louis-Dominique l'espérait bien.

Le tableau d'une scène douloureuse marquait la mémoire du garçon : l'arrestation de son père, un petit matin, par les soldats du roi... D'un revers de main agacée, il la gomma. Il jeta à son frère un regard de chef confiant.

« À nous de jouer, Martin ! La liberté de notre père dépend de notre habileté, et du bon usage que nous ferons de notre butin ! Courage ! »

Un clin d'œil, et il rampa jusqu'au bord de l'auvent. Les dimensions de la cour ne permettaient pas d'éloigner la voiture du porche tant qu'elle n'était pas dételée[2]. Louis-Dominique attendit que la portière gauche s'ouvrît pour sauter sur le coupé qui tangua sous cette charge.

Déséquilibré, Monsieur De Launay s'agrippa pour ne pas basculer en avant. Furieux, il tourna la tête, prêt à réprimander son cocher qui seul, dans son esprit, pouvait être responsable de ce

[1] ***Bringuebaler :*** *secouer, agiter en tous sens.*
[2] ***Dételer :*** *détacher une bête attelée.*

fâcheux ballottement. Il eut l'extrême surprise de se trouver nez à nez avec un jeune homme de seize ans, bien bâti, souple, au regard espiègle et inquiet. Celui-ci se jeta à plat ventre sur le toit de la voiture et, d'un geste adroit, lui subtilisa sa précieuse mallette de cuir jaune.

« Service de sa majesté le peuple ! clama Louis-Dominique. »

D'un coup de reins, il se redressa, se tourna vers la muraille et, avec adresse, lança la valise à Martin qui la reçut dans la corbeille de ses bras, avant de s'élancer à la conquête des toits parisiens.

« À la garde, au voleur ! hurla Monsieur De Launay, après un moment de stupeur. »

Louis-Dominique regarda son frère se fondre à l'ombre du bâtiment principal, puis s'élever, dans l'angle de la cheminée, sur les barreaux métalliques. Ainsi distrait, Louis-Dominique gaspilla de précieuses secondes pour se mettre à l'abri.

« Abattez-le ! reprenait le gouverneur de la Bastille. Cette valise est propriété du Roy ! Ne le laissez pas s'échapper, vous en répondrez sur votre vie !

– Lequel, monsieur le gouverneur ? demanda le majordome.

– Les deux ! Mais d'abord celui qui détient la mallette ! Vite, il s'enfuit par les toits ! »

Bien que l'envie fût grande pour Louis-Dominique d'arracher la perruque poudrée (de farine, tandis que le peuple mourait de faim !), il y renonça et, d'une détente, bondit sur la corniche, pour lancer avec impertinence :

« Ne beuglez pas tant, monsieur le directeur de la prison de la Bastille ! Vous allez réveiller les braves Parisiens qui, en ce juillet fiévreux, ont d'autres soucis en tête que votre mallette à potions !

– Il est ici, à droite du chapiteau ! Tuez-le ! ordonna le majordome. Tuez-le !

– C'est l'autre que je veux ! L'autre d'abord !

– Je vous croyais plus hospitalier, poursuivit le garçon téméraire, à voir la façon dont vous protégez vos hôtes, en votre "royale hostellerie à huit tours crénelées"* ! »

De toutes les portes sortaient des gens, en livrées, en pourpoints ; des cuisinières, des ouvriers, des garçons d'écurie, des secrétaires.

Louis-Dominique sauta sur le toit du porche. Les balles commençaient à bourdonner autour de lui. Par chance, il avait affaire à des gens peu habitués au maniement des armes, et l'obscurité faisait le reste. Mais une balle perdue pouvait toujours s'amouracher de sa tendre

* ***Royale hostellerie à huit tours crénelées :*** *La Bastille dont les tours sont bordées de créneaux.*

peau. À présent que, grâce à sa diversion, Martin était hors de vue, il pouvait s'esquiver.

« Il s'enfuit, tirez ! Je les veux morts ou vifs ! Envoyez des gens sur les toits ! Alertez la garde du Temple !

– Ni mort, ni vif ! Qui m'aime me suive ! »

Louis-Dominique se laissa glisser le long de la façade, en s'aidant des pierres apparentes. Son cœur cognait d'un mélange de peur et d'euphorie. Malgré tout, il se permit de tambouriner à la porte en clamant :

« Qu'on se hâte là-dedans ! La vie est si courte qu'il n'en faut perdre une miette ! »

Dans la pénombre, il ne vit pas le panneau s'écarter sans bruit. Le coup de bâton l'atteignit à l'épaule.

« Aïe ! Voilà qui m'apprendra à narguer... »

Tournant le dos aux champs et aux vergers qui s'étendaient vers le nord, il s'élança dans la rue Charlot, avec dans l'âme la satisfaction du devoir accompli. Même si lui était pris ou tué, Martin était dorénavant sauvé et pourrait, avec l'aide d'Amélie, leur sœur puînée*, poursuivre le plan habile qu'il avait élaboré pour obtenir la libération de leur père, emprisonné à la Bastille.

* ***Puîné :*** *enfant né après un frère ou une sœur ; cadet.*

Ses poursuivants gagnaient du terrain, mais ne parvenaient pas à l'ajuster avec leurs armes à feu. Il maintint donc cet écart, économisant son souffle pour les semer, quand il le jugerait bon.

Il enfila la rue de Périgueux, puis celle de Bretagne, de la Marche, de la Corderie, longea le haut mur de l'enclos du Temple, pour atteindre un jardin de la rue des Fontaines.

Malgré l'heure tardive, des badauds s'y attardaient encore. Mais personne ne prêta attention au fuyard. D'un bond, il franchit la grille, se jeta à plat ventre dans les buissons. Désorientée, la meute des laquais et gens de maison s'éparpilla pour ratisser le plus grand espace possible.

Il patienta quelques secondes, puis ressortit rue de la Croix – un peu déçu de s'être échappé aussi facilement – et se dirigea, d'un bon pas, vers le lieu secret du rendez-vous, en priant Dieu pour que Martin s'y trouve déjà.

*

« Martin ?... Martin !... appela Louis-Dominique à voix basse, en soulevant la trappe de la cachette. »

Aucune réponse, aucun mouvement. Il siffla les cinq notes de leur code de reconnaissance qui signifiaient : « C'est moi, tout va bien », mais n'obtint pas davantage de réponse.

Grand Dieu !... Le grenier de l'ancienne manufacture de tissage demeurait silencieux. Étrange et inquiétant. Pourquoi Martin ne répondait-il pas ?... Amélie qu'il avait postée en renfort pour soutenir son frère, aurait dû intervenir... ou se précipiter ici pour donner l'alerte !

Non, Louis-Dominique ne devait pas céder à la panique pour si peu.

Après tout, c'est lui qui était en avance puisqu'il avait faussé compagnie aux hommes du gouverneur avec une facilité déconcertante. Il explora le grenier poussiéreux. Martin avait peut-être laissé un message ?

Les diverses cachettes habituelles ne recélaient rien de particulier. Bon, eh bien, il ne lui restait plus qu'à patienter ! Il se cala sur les sacs de tissu, croisa les mains derrière sa tête et se perdit dans la contemplation des innombrables toiles d'araignée qui festonnaient* les poutres.

Louis-Dominique avait imaginé ce beau stratagème insensé : le vol de la mallette de cuir jaune qui devait servir de monnaie

* ***Feston :*** *ornement en forme de guirlande ; bordure dentelée.*

d'échange pour délivrer leur père injustement enfermé à la Bastille.

Bien sûr Papa était bien un peu faussaire, mais, que voulez-vous, il devait nourrir et vêtir ses huit enfants ! Ce qui est une gageure par les temps qui courent, avec les hivers rudes et les étés pourris qui se succèdent depuis plusieurs années, le manque d'ouvrage et la cherté du pain...

On n'a que trop souvent les yeux du cœur. Et le cœur grand comme une cathédrale !

Alors, le père en prison, la mère qui s'échinait pour quelques sous à ravauder* le linge des bourgeoises, il avait bien fallu trouver une solution.

On avait beaucoup réfléchi et prié. Et Dieu n'avait élevé aucune protestation à l'élaboration de ce plan. Leur cause semblait donc juste.

Depuis quatre mois, les jeunes gens s'étaient jetés à corps perdu dans cette entreprise, au risque d'y perdre eux aussi leur liberté. Mais ils étaient dorénavant en passe de réussir puisque la mallette se trouvait en leur possession. Ils disposaient d'une monnaie d'échange pour forcer monsieur le gouverneur de la Bastille à relâcher le père Cahuzet.

* ***Ravauder :*** *raccommoder.*

Louis-Dominique soupira. Les événements qui agitaient la capitale ne simplifiaient pas leurs affaires.

Le renvoi de Necker par le roi, hier, samedi onze juillet 1789, n'était certes pas son principal souci. Cependant, il avait mêlé sa voix à celles de la foule pour signifier son mécontentement devant cette injustice. Car enfin, Necker était un ministre populaire, et cette mise à pied était considérée comme une injustice par les Parisiens.

Pourtant, il n'y avait pas besoin de cela pour que l'été soit chaud. D'abord par sa moiteur et sa température exceptionnellement élevée ; ensuite par les orages violents de pluie et de grêle, et enfin par la grogne. Grogne qui découlait de l'augmentation du prix de la nourriture et des impôts, conséquence logique des mauvaises récoltes et des hivers rigoureux.

Passons.

Depuis quelque temps, une question très personnelle accaparait le garçon. Une question d'identité. Il se disait que « Louis-Dominique » était un prénom trop doux, et « Cahuzet » un patronyme trop banal pour constituer un nom de chef respecté et redouté.

Ses idoles étaient le célèbre Cartouche (rompu vif en place de grève en 1721 !) et

Mandrin (roué vif à Valence en 1755 !), c'est dire ! Et bien que son père lui ait donné, par hasard, le même prénom que ce dernier, il n'avait pas encore l'envergure de ses illustres prédécesseurs. Mais il comptait bien combler son handicap, et faire mieux !

Pour l'instant, sa troupe se limitait à une demi-douzaine d'habiles « tire-laine » de son acabit. Des gosses du bas Tiers état[1] qui tiraillaient le diable par la queue[2]... un peu trop fort ! Mais c'était de bonne guerre, par tous les saints du paradis, il faut bien vivre !

Après la réussite de son plan ingénieux, il pourrait bien rassembler sous ses ordres quelques loups solitaires attirés par l'odeur de l'exploit. Et, de proche en proche, étendre son influence sur tout le quartier, et au-delà !

Donc, il se cherchait une identité prestigieuse et ce n'est pas facile de se forger, de toutes pièces, un nom qui vous colle à la peau, sans paraître ni trop prétentieux, ni trop ordinaire... Voltaire ! Molière ! Il faut du génie pour se créer soi-même. Et Louis-Dominique ne s'en sentait guère, malgré ses grands airs...

[1] ***Tiers état :*** *classe de la société qui n'a aucun privilège (par opposition à la noblesse et au clergé).*
[2] ***Tirer le diable par la queue :*** *avoir du mal à vivre en raison de maigres ressources.*

Un froissement lui fit dresser l'oreille. Il serra les doigts sur le manche de son couteau dont la lame était fichée entre deux sacs, et continua à mimer le sommeil, afin de déjouer l'attention d'un éventuel adversaire.

Les marches de l'échelle de meunier craquèrent. La trappe se souleva, de l'épaisseur d'un regard. Une planche complice protesta encore : ils étaient deux.

Un temps.

La trappe s'ouvrit en grand pour laisser paraître le visage encore poupin de Martin sous sa mèche, malgré ses treize ans. Derrière lui, Louis-Dominique reconnut la charlotte blanche au galon rouge de sa sœur. Rassuré, il se redressa :

« Diantre, mes jeunets ! Vous en avez mis du temps. Auriez-vous eu maille à partir avec la milice ?

– Tu es déjà là ? s'étonna Martin, sans répondre à la question de son aîné.

– Un chef est toujours là où il doit être, s'il veut le rester ! »

Amateur des belles formules à l'ancienne, il avait lancé celle-là sans y réfléchir, et la trouvait à son goût. Il s'inquiéta de voir son frère les mains vides :

« Qu'as-tu fais de la mallette, drôle ? »

Amélie qui refermait la trappe, se retourna. Elle présentait un ventre rebondi que Louis-Dominique ne lui connaissait pas.

« Par les cornes du diable ! Ma sœur préférée serait-elle subitement grosse de plusieurs mois que je ne me serais rendu compte de rien ? »

Rieuse, elle se campa, puis tira de sous ses jupes la fameuse valise qu'elle lui tendit avec fierté. Louis-Dominique bondit :

« Mordiou ! Le butin de la délivrance ! Cette mallette contient le précieux trésor que la blanche Pernelle, douce amie de notre Martin, a si finement débusqué.

– Nous avons dû ruser, précisa Amélie, nous n'étions pas seuls sur la piste.

– Que veux-tu dire ? »

Martin prit le relais en se rengorgeant :

« Les choses n'ont pas été aussi simples que prévu. Pourtant, tout avait bien commencé. Dissimulé dans un angle de cheminée, je voyais les poursuivants foncer à tes trousses, Louis-Dominique, alors je...

– Oui, je sais, j'ai vu, saute à la conclusion.

– Donc, après cette première mésaventure, j'ai regagné la rue, mais à peine arrivé à l'angle suivant, un individu, sans doute en faction depuis longtemps, m'a apostrophé : “Eh bien galopin ! Que transportes-tu là ? Voilà un

bagage qui s'harmonise mal à ton costume."
Sans attendre, j'ai pris la fuite. Aussitôt, l'individu a sifflé pour alerter ses acolytes, postés dans les environs. Je me suis engouffré par la première porte ouverte. »

Tandis qu'il reprenait son souffle et que son frère piaffait, Amélie enchaîna :

« Embusquée à proximité, j'ai contourné le pâté de maisons, traversé les cours communicantes pour gagner celle où j'avais vu disparaître Martin...

– Tout de suite j'ai reconnu l'écho de son pas, dans le puits de cette cour exiguë, reprit le cadet. Depuis une lucarne du troisième étage, je l'ai hélée et, tandis que les poursuivants grimpaient à ma suite, j'ai envoyé à Amélie le précieux colis. Puis, j'ai filé par les toits.

– Enfin, par des chemins détournés, nous avons pu venir jusqu'ici.

– Bien joué, vous avez été à la hauteur de votre mission. Bon, à présent, admirons le contenu de cette valise. »

Ils s'assirent sur des ballots de tissu tandis que l'aîné récupérait son couteau. De la pointe, il força la serrure de la mallette et en vida le contenu sur le plancher.

« Oooooh ! Grand Dieu ! »

Ils découvrirent trois objets : un petit sac de toile noir dont le cordon s'était desserré et qui libérait sur le plancher des bagues, broches et boucles d'oreilles ornées de pierres précieuses, une bourse de cuir bien garnie et une lettre épaisse, cachetée à la cire.

« Hé bien, voilà de quoi marchander avec ce cher Monsieur De Launay, gouverneur de la trop célèbre prison de la Bastille ! »

De l'index, Amélie caressait les bijoux.

« Quel dommage qu'il faille se séparer de telles merveilles, fit-elle, ses grands yeux clairs remplis du feu des diamants.

– Tel est le prix de la liberté de notre père, ma doulce* sœurette.

– Je le sais et je m'y résous de grand cœur, répondit-elle sans amertume. Je me suis juste prise à rêver... »

L'œil malicieux, Louis-Dominique se redressa :

« Mais qui te dit que nous soyons obligés de tout utiliser pour conclure le marché. Il pourrait, par inadvertance, s'égarer une ou deux parures, il y en a tant. Quant à la bourse, mère en aura l'utilité pour nourrir et vêtir tout le monde, dans l'attente que père retrouve un emploi. »

Dans sa naïveté, il ne faisait aucun doute pour lui que le père Cahuzet recouvrerait la

* ***Doulce :*** *douce en vieux français.*

liberté dans un court délai et ne serait plus inquiété.

« Bien parlé, lança Martin. Et cette lettre, que peut-elle bien contenir ?

– Il suffit de regarder.

– Crois-tu que cela soit raisonnable ?

– Qu'est-ce qui est raisonnable et qu'est-ce qui ne l'est pas ? »

Louis-Dominique prit la lettre des mains de son frère et fit sauter le cachet de cire du tranchant de son couteau. Il la déplia et se concentra sur la lecture tandis que les deux autres attendaient en silence, tâchant de découvrir sur le visage de leur chef bien-aimé un signe de satisfaction.

Louis-Dominique n'y vit d'abord qu'une liste de noms qui ne lui disaient rien. Puis il déchiffra la lettre et comprit ! Il tenait là quelque chose d'une valeur plus grande que toutes les pierreries du petit sac de toile qu'Amélie ne quittait pas des yeux. Oh ! Oui, cette lettre était capitale ! La signature et le sceau en attestaient l'authenticité ! Elle renfermait assez de révélations, dans cette période trouble, POUR CHANGER LE COURS DE L'HISTOIRE DE FRANCE !

Louis-Dominique en tressaillit.

De Launay la paierait fort cher, bien plus cher que la libération d'un faussaire de bas étage, si le jeune trio parvenait à négocier habilement. Sous l'en-tête officiel marqué de la fleur de lys, la lettre disait :

« *Afin de sauvegarder la paix dans le royaume et la souveraineté de notre roi Louis XVI*[e] *du nom, roi de tous les Français, ordre est donné à la garde spéciale de sa Majesté de saisir, de corps et de bien, les députés rebelles, dits "des Communes" dont les noms suivent, de les tenir rassemblés à la prison du Temple, puis de les conduire par bonne escorte et dans le plus grand secret, sous l'autorité du sieur De Launay, gouverneur de la prison de la Bastille :*

BAILLY, TARGET, ABBÉ GRÉGOIRE, ABBÉ SIEYES, MIRABEAU, BARNAVE, MOUNIER, RABAUT, SAINT-ÉTIENNE, CAMUS, MALOUET, LE CHAPELIER.

Pour exécution impérative de cet acte dans la nuit du 12 au 13 juillet 1789.

*MARÉCHAL DE BROGLIE** »

Louis-Dominique ne put réprimer un nouveau frisson. Sans un mot, il passa la lettre à ses cadets. Juste ciel ! Il lui fallait raisonner vite et juste. Une meute d'agents divers devait

* ***De Broglie :*** *prononcer « De Breuille ».*

être lâchés sur Paris pour récupérer coûte que coûte la mallette de cuir jaune.

Il se sentit soudain bien jeune et fragile, bien petit et imprudent. Et tout son folklore de Cartouche-Mandrin s'évanouissait devant la gravité de la situation. Il ne s'agissait plus seulement de la libération de leur père mais de l'avenir du royaume !... Rien de moins.

L'angoisse et l'incertitude lézardaient sa détermination. N'était-il pas en train de délirer ? De quel côté devait-il se tourner ? Comment pouvait-il encore négocier sans mettre leur vie en danger ? Pourquoi la sacoche ne contenait-elle pas le strict nécessaire à la réussite de leur projet ?

La démesure de l'affaire l'épouvantait ! Il essuya ses paumes moites sur ses culottes, redressa une mèche rebelle.

Première hypothèse : s'il parlementait avec le gouverneur De Launay et restituait la lettre, et même la mallette, leur père serait-il libéré ?... Aucune certitude.

Ils défiaient des gens déterminés, puissants et sans scrupules. La disparition de quelques témoins gênants, même des enfants, ne devait pas être un cas de conscience pour les oubliettes de la Bastille !

Deuxième hypothèse : s'il tentait de prendre contact avec le camp opposé, ces députés des Communes, tous trois ne risquaient-ils pas de se faire assassiner de la même façon, pour les mêmes raisons d'État ?

Restait une *troisième solution :* la destruction de la lettre... Dans ce cas, toute négociation deviendrait impossible avec le gouverneur, ce qui ne les empêcherait pas d'être poursuivis... par les deux camps à la fois... Et peut-être même un troisième adversaire voulant profiter de la situation.

Bien loin de lui apporter un réconfort, cette réflexion plongeait Louis-Dominique dans des affres épouvantables. Il se signa, marmonna quelques mots de prière, se frotta le visage à deux mains.

« Mon Dieu, venez à mon secours... »

L'ordre devait être exécuté cette nuit. Si les intéressés, Bailly et les autres, avaient connaissance du contenu de la lettre, ils ne tenteraient pas de s'en emparer, mais chercheraient à fuir au plus tôt...

Que tout ceci était compliqué !

Martin et Amélie, tremblant de peur, se tournèrent vers leur chef, livide, pour connaître sa sage décision. Louis-Dominique récupéra la dangereuse lettre, la glissa sous sa chemise, contre ses reins – pourquoi ? Il n'en savait rien – et entama une nouvelle réflexion qu'il voulait positive, en arpentant le vaste grenier poussiéreux.

Cette nuit était décisive. De Launay pouvait courir demander, l'oreille basse, un second ordre de mission au Maréchal De Broglie. Dans cette éventualité, comment réagirait celui-ci ? Violemment, c'est certain, mais quelle importance !

Donc, dans un premier temps, le gouverneur chercherait, par tous les moyens, à récupérer la lettre. Raison suffisante pour rester cachés le plus longtemps possible. Oui, mais... Demain, les conditions ne seront plus du tout les mêmes. Les ordres auront sans doute changé et les négociations deviendront inutiles.

Louis-Dominique posa son front contre un pilier, ferma les yeux. Une grande lassitude soudain l'envahit. Il aurait souhaité se pelotonner dans les bras maternels comme autrefois pour se ressourcer. Oh ! Cette douce période n'avait pas duré longtemps puisqu'Amélie était née dix-huit mois plus tard, suivie de six autres nourrissons ! Mais c'était un souvenir de miel qui n'était pas si courant en ce XVIIIᵉ siècle, où tant d'enfants, dès leur plus jeune âge, étaient abandonnés, ou bien vivaient sur le pavé comme des chiots sauvages, de chicane et de rapine. Chez les Cahuzet, on avait l'esprit de famille, ce qui n'offrait pas que des avantages puisque cela les avait entraînés sur un terrain fort dangereux.

Louis-Dominique soupira. Amélie et Martin priaient en silence. Ils avaient peur, peur de s'être attaqués à un ogre qui allait les dévorer. Ils avaient peur parce que le chef chancelait. Ils avaient peur d'avoir peur.

Louis-Dominique donna un grand coup de poing dans le pilier. La vibration monta jusqu'au toit. La douleur jusqu'à sa cervelle.

« Par le sang du Christ ! Tout n'est pas perdu puisque rien n'est décidé ! Si nous agissons avec une grande prudence et un peu de malice, nous devons échapper aux mailles du filet qui se tisse autour de nous. L'enjeu a plus d'importance pour Monsieur De Launay que pour nous. »

Gonflé d'un nouvel enthousiasme, il revint vers son frère et sa sœur, l'œil vif enflammé d'une lueur pétillante.

« Imaginez, mes cadets, les fièvres qui doivent ronger notre bon gouverneur. Il s'est laissé subtiliser un message si important qu'il avait pris la précaution de le porter lui-même. Si le maréchal De Broglie apprenait son erreur par une indiscrétion, le superbe gouverneur ne finirait-il pas lui-même au fond de son plus noir cachot ?

– Tu as certainement raison, Louis-Dominique, mais comment comptes-tu profiter de cet avantage ?

– Nous avons trouvé le défaut de la cuirasse, Martin. Il suffit d'y glisser la lame d'une dague* pour tenir le bougre à notre merci.

– Oui mais voilà, fit Amélie, encore faut-il la trouver cette "dague"... »

Ils soupirèrent sur des tons différents.

Dieu Tout Puissant, avaient-ils si mal agi ?

« Voilà ce que nous allons faire, reprit l'aîné, en ramassant la valise de voyage. Toi, Amélie, tu portes la bourse à notre mère, et vous la mettez en lieu sûr pour les besoins de la famille. Martin, tu te chargeras des joyaux. Trouve une cachette nouvelle et connue de toi seul. Rejoins-moi ensuite dans notre repaire du couvent des Cordeliers. À cette heure, il n'y aura personne.

* ***Dague :*** *long poignard effilé.*

–Sois sans crainte, j'y serai dans moins d'une heure, après de prudents détours. »

Martin, à l'opposé de son frère, était plutôt d'un caractère réfléchi et posé pour son âge. On pouvait compter sur lui.

« Et moi, déplora Amélie, ne suis-je bonne à rien ?

–Désolé, sœurette. Tu es courageuse, mais je serai plus tranquille si tu veilles sur la mère et les petits. Il y a quelques dangers de ce côté-là aussi. »

Amélie acquiesça et baissa la tête pour cacher sa déconvenue. Pourtant, elle savait que la décision était sage.

« Tu as raison, Louis-Dominique. Je mettrai Maman en garde de surveiller la marmaille. On ne sait jamais.

–Pour ma part, je me charge du document. Ainsi, chacun étant unique détenteur de son secret, si l'un de nous est pris, il ne pourra pas trahir les autres ; même sous la torture. »

Sur cette réjouissante perspective, il se tut et se dirigea vers la trappe à pas légers. Un froissement avait attiré son attention toujours en éveil. Il colla l'oreille au panneau : ILS ÉTAIENT PLUSIEURS !

Alertés à leur tour, Martin et Amélie se saisirent de la part de butin qui leur était

confiée, et se dirigèrent sans bruit vers l'issue de secours. Il s'agissait d'un simple trou, ménagé dans une cloison de mortier, effrité par le ruissellement des eaux de pluie.

Louis-Dominique leur fit signe de s'éclipser prestement. Ils se glissèrent par l'ouverture qui donnait sur un escalier bancal, lequel rejoignait une cour intérieure et la rue, par un dédale de couloirs obscurs.

« Que Dieu veille sur toi, lui souffla Amélie avant de disparaître.

– Et sur vous deux. »

Le froissement reprit à l'étage inférieur.

« Mordiou ! Ces innocents ont cru semer leurs poursuivants. À présent, les loups sont dans la bergerie. Voilà qui complique nos affaires ! »

Comment retarder les poursuivants ? Louis-Dominique jeta un regard circulaire... Les madriers* ! Trois poutres de bonne section étaient entassées le long du mur. Il traîna la première jusqu'à la trappe, l'y déposa, à l'instant où le panneau se décollait de quelques centimètres.

« Ceci les amusera un moment. »

Il remplit la mallette de morceaux de plâtre et la laissa en évidence, dissimula ensuite le

* ***Madrier :*** *gros morceau de bois.*

passage secret derrière des ballots de tissu. Satisfait de son camouflage, il revint à la trappe. Une lame glissée dans la fente faisait levier. Louis-Dominique éclata d'un grand rire.

« Oh ! hisse ! Oh ! hisse ! Du nerf que diable. »

Avec légèreté, il se dirigea vers une lucarne qui ouvrait sur les toits d'une maison perpendiculaire. Un rapide rétablissement le propulsa à l'extérieur. Il repassa la tête par l'ouverture.

« Oh ! hisse ! Vous y êtes presque. »

Il se redressa. La nuit était douce. Un temps idéal pour jouer les chats de gouttière. Il laissa la tabatière ouverte pour attirer ses poursuivants. En glissant, la poutre racla le plancher. Louis-Dominique s'amusa à marcher en équilibre au bord du toit et se retourna une dernière fois au détour d'une cheminée, quand apparut une tête dans l'encadrement. Il se baissa puis, léger, sauta sur une terrasse en contrebas, caracola sur les pentes imbriquées. Sans difficulté, il rejoignit la rue.

Un quart d'heure plus tard, il ralliait le couvent des Cordeliers. Outre le portail principal, on pouvait accéder au Grand Réfectoire par une minuscule porte dans l'angle gauche, en passant par un couloir voûté qui descendait aux caves. Il existait une troisième issue sur l'autre façade, mais beaucoup trop exposée. Pour l'emprunter, il aurait fallu passer par les jardins et le cloître.

Louis-Dominique surveilla donc les alentours pendant un long moment, avant de s'aventurer dans cette souricière. Il siffla les cinq notes de reconnaissance...

Aucun écho.

Il entrebâilla le panneau vermoulu. Par la fente, sur un coin de corniche à portée de main, il ne trouva pas le caillou qui signalait une présence amie dans le Grand Réfectoire. Prudent, il se retira, inspecta les environs.

« Martin a dû tourner en rond et changer dix fois de cachette pour le butin, avant d'opter pour la première. »

Il sortit de l'ombre et fila à grandes enjambées vers un projet plus urgent : renouer le contact avec Monsieur De Launay. Son imagination délirante et sa spontanéité reprenaient l'initiative. Il n'avait qu'une très vague notion de la façon de procéder et espérait trouver une idée en chemin. Au coin de la rue, il hésita. Sur l'avenue, plusieurs groupes d'hommes étaient rassemblés. Des cris, des exclamations fusaient de la rumeur confuse qui courait de l'un à l'autre. Que se passait-il encore ?

Les troubles de la veille auxquels Louis-Dominique avait assisté avec l'enthousiasme qui le caractérise, n'avaient-ils pas suffi ? La fermeture de l'Opéra, les heurts entre les manifestants et le Royal Allemand, l'incendie des barrières d'octroi et des bateaux des douaniers sur la Seine.

« Trouvons des armes ! hurla un colosse aux allures de boucher qui dépassait la foule de plus d'une tête. La poudre aura meilleur crédit que toutes les belles paroles. Souvenez-vous des inutiles cahiers de doléances !

– Legendre a raison, cherchons des armes !

– C'est cela, trouvons de quoi nous défendre !

– Des armes ! Des armes ! »

Le mot d'ordre enfla. Un mouvement s'amorça vers le bas de l'avenue.

« Je connais une armurerie à trois rues d'ici ! »

Un essaim bruissant se forma. Le cortège se mit en marche derrière son meneur.

« Tous à l'armurerie ! Apportez des pics !

– Et des madriers pour enfoncer les portes. »

Louis-Dominique s'éloigna. Toute cette agitation permettait certes de passer inaperçu, mais lui laissait une impression de malaise. Il remonta vers la rue de Vendôme. De là, il pensait retrouver la piste De Launay car, bien entendu, il n'était pas question d'aller frapper à la porte de la Bastille !

Il traversa la Seine, jeta un coup d'œil en arrière. Une lueur rougeoyante embrasait le ciel du côté des Invalides. Il allongea la foulée, zigzagua par les petites rues. Soudain, une ombre se jeta devant lui. Il vit briller une lame, tenta une esquive.

« Pas un mot, pas un geste ou tu es mort ! »

Par derrière, quelqu'un saisit Louis-Dominique à la gorge. On le poussa dans un angle de porte cochère. Étouffé sous une toile, ceinturé, emporté, il perdit la notion des lieux. Le trajet dura plusieurs minutes. Il ne tenta pas de se débattre, sachant qu'il n'aurait aucune chance de s'échapper. Les cahots lui coupaient la respiration.

Enfin, il fut jeté au sol, tout étourdi. On le libéra. Il reprit ses esprits, s'assit, fit un tour d'horizon, crut d'abord que la nuit lui était tombée sur la tête. Dense et oppressante. En fait, il se trouvait dans une cave suintante, éclairée par une bougie posée sur un coin de marche. Il devinait des présences, mais ne distinguait aucune silhouette. Simulant l'épuisement, il attendit.

Deux respirations aux rythmes différents se répondaient. Que lui voulait-on ? Qu'attendaient ces deux hommes pour le questionner ? Allaient-ils le torturer avant de se débarrasser de lui ?

Le long de sa colonne vertébrale, la lettre formait un bourrelet qui l'isolait un peu de la froidure de la pierre. LA LETTRE ! Si on décidait de le fouiller, on ne manquerait pas de la découvrir. Dépourvu de monnaie d'échange, il serait aussitôt condamné...

Pourquoi donc avait-il été aussi stupide et prétentieux ? Pourquoi ne l'avait-il pas mise en lieu sûr, cette satanée lettre, pour entraîner ses ennemis sur une fausse piste !

Il n'était plus temps de se lamenter.

La respiration d'un des deux hommes qui commençait à s'agiter dans le noir, s'était accentuée. L'autre n'avait pas bougé. Une demi-heure au moins s'était écoulée depuis leur arrivée. Peut-être attendaient-ils quelqu'un ?...

Oui, à la réflexion, ce devait être cela.

2

13 juillet : une dangereuse monnaie d'échange

Le contact du mur devenait désagréable. Louis-Dominique se laissa glisser sur le côté. Le sol était à peine moins humide, mais de cette position, la lueur de la bougie au-dessus de sa tête lui permettait de distinguer les deux hommes. Le vieux était anguleux et long avec des prunelles étranges. Le jeune, court et trapu, mâchouillait sans arrêt.

Comme rien ne se produisait, Louis-Dominique décida de somnoler. Il calma les battements désordonnés de son cœur et pensa à sa chère sœur Amélie devenue un beau brin de jeune fille que les coquins courtisaient déjà un peu trop à son goût. Puis ses pensées filèrent comme l'éclair vers une superbe gentillette qui se prénommait Guillemette. Guillemette, complice de ses jeux d'enfants, s'était révélée un beau jour, plus indispensable qu'il ne croyait à ses rêves éveillés. Elle était belle, vive et pétillante. Il l'aimait comme un fou. Ils s'étaient promis l'un à l'autre. La reverrait-il un jour ?

Louis-Dominique émergea de sa rêverie tout ému et courbaturé. Le froid commençait à le pénétrer. Il réalisa seulement qu'on ne lui avait pas lié les mains.

Il se demandait s'il ne devait pas tenter quelque chose avant d'être complètement ankylosé, quand une porte invisible racla le sol sur sa droite. De la visite, enfin !

Un homme entra, portant de hautes bottes à revers fauve. Le cuir brilla un instant dans la lueur vacillante de la flamme malmenée par le courant d'air. Des bottes d'aristocrate. La noblesse se déplaçait pour lui ! Avait-il donc tant d'importance aux yeux de ses ravisseurs ?

Louis-Dominique se redressa avec peine et garda la tête dolente.

« Alors ! lança l'homme d'une voix rauque de grand fumeur, on est moins vaillant que tantôt pour subtiliser le bien des honnêtes gens ! »

Sans préambule, on entrait dans le vif du sujet. L'individu venait pour la mallette. Eh bien, on allait pouvoir envisager des négociations !

Un terrible coup de pied dans les côtes bloqua le souffle de Louis-Dominique.

« Relevez-moi cette racaille. »

Il fut soulevé sans ménagement. Les deux acolytes lui meurtrissaient les bras avec une cruauté gratuite. Ils le plaquèrent au mur. Son crâne résonna contre la pierre. Une dague pointa sous sa gorge. L'aristocrate s'approcha du prisonnier qui le reconnut : il s'agissait du maître d'hôtel, aperçu depuis le toit de la diligence quand l'alerte avait été donnée.

Malgré le gros bourdon qui résonnait sous son crâne, Louis-Dominique ne put contenir un sourire ironique. Sourire qui lui valut un magnifique soufflet. La pointe du poignard perfora la peau sur sa trachée artère.

L'intrépide cherchait « une dague pour percer la cuirasse de Monsieur De Launay ! », voilà qu'il se trouvait à la merci d'une lame non moins dangereuse. Il pouvait être satisfait d'avoir retrouvé la piste, laquelle risquait de se terminer pour lui en cul-de-sac !... ou en cul-de-basse-fosse pour le moins.

« Ce petit gredin veut jouer au malin ! gronda l'homme. Je ne sais pas ce qui me retient de te faire égorger sur l'heure, méprisable vermine ! »

Il soufflait, à bout portant, une haleine épouvantable. Louis-Dominique ne put s'interdire de le braver :

« Peut-être une certaine valise...

–Écoutez cet effronté qui se permet de narguer les représentants du Roy, et de compromettre la sécurité du royaume par des actes inconsidérés ! »

Il était temps de changer de tactique et de jouer la carte de l'innocence :

« Oh ! Monsieur ! Il ne s'agissait que d'un petit larcin pour nourrir mes douze frères et sœurs.

– Qu'en as-tu fait, vaurien ? »

Un magistral revers lui brouilla les idées.

« De mes frères et sœurs ?

– Ne joue pas au plus malin, sinon il t'en cuira.

– Vous voulez parler de la mallette jaune. Elle plaisait à ma grande sœur, je la lui ai donnée. Quant à son contenu, il est en lieu sûr...

– En lieu sûr ! Par Dieu, tu vas le révéler sur-le-champ, ce lieu sûr, si tu veux conserver une chance de vivre. »

Les yeux du garçon s'embuèrent. La lame piquait davantage le cartilage de sa gorge. Ses ennemis étaient prêts à le torturer pour récupérer la lettre. Et il savait qu'ensuite, ils se débarrasseraient de lui. Pas de témoin gênant, l'affaire était trop grave.

« J'ai... »

La douleur devint trop intense. Louis-Dominique ne pouvait en dire plus. L'intendant s'en aperçut.

« Relâchez votre étreinte, qu'il puisse s'exprimer. »

La lame se retira. Louis-Dominique déglutit avec peine. Un filet de sang coulait sur sa gorge. Son goût habituel pour la fanfaronnade s'était soudain évanoui.

« J'ai... dissimulé les valeurs sur une poutre maîtresse de notre repaire, où d'ailleurs vos hommes tentaient de pénétrer lorsque je me suis enfui. »

Cette pierre lancée dans la mare produisit son effet.

« Que dis-tu malandrin ? Qui s'est introduit dans votre repaire ?

– Comment le saurais-je ? J'ai bloqué la trappe avant qu'ils ne paraissent. Le barrage n'aura pas résisté bien longtemps. Ils semblaient être plusieurs. »

L'homme ne cacha pas son irritation, il grogna :

« N'y avait-il rien d'autre dans cette mallette ?

– Non rien... »

Réalisant soudain qu'il commettait une grossière erreur, Louis-Dominique s'empressa d'ajouter :

« Ah ! si, je me souviens à présent : une épaisse lettre, une lettre d'amour sans doute. Comment en être certain, je ne sais pas lire. Elle est restée derrière les ballots de tissus.

– Grand bien te fasse. Ton ignorance t'épargne de graves ennuis. Cependant, tout n'est pas réglé. Tu vas nous conduire à ton antre et gare si tu as menti.

– Mentir ? Comment le pourrais-je...

– Tais-toi et marche ! »

Les deux gardes poussèrent Louis-Dominique vers la porte. Il trébucha, s'affala contre l'épais panneau clouté et mima l'évanouissement. Une poigne solide le redressa, une gifle lui redonna conscience. Il se laissa guider.

Un escalier qu'il ne se souvenait pas avoir descendu, tournait sur la droite. La voûte était basse et les marches hautes. Le jeune escogriffe passa devant. Le second lui aiguillonnait les reins de la pointe de son arme. Le majordome fermait la marche.

Avant d'atteindre l'ancienne manufacture, Louis-Dominique disposait d'une dizaine de minutes pour trouver un moyen de s'échapper. Évidemment, sa vie ne vaudra plus grand chose quand les autres réaliseront qu'il s'est moqué d'eux.

Ils débouchèrent dans une cour, la nuit était claire. Ils empruntèrent un passage voûté vers une deuxième, plus longue. Trois notes brèves retentirent : « Attention ! »

Presque en même temps, un fracas épouvantable emplit le tunnel. Les piles de caisses que Louis-Dominique avait remarquées à l'entrée, venaient de s'écrouler. La coïncidence avec le signal était trop belle pour être vraie !

Profitant de la seconde de surprise et d'hésitation de ses geôliers, le prisonnier fonça tête baissée dans l'estomac du jeune courtaud qui s'affala contre le mur. Un coup de pied en arrière, au jugé, repoussa le deuxième homme. La voie était libre ! Courbé en deux par crainte d'une balle, Louis-Dominique courut vers la sortie.

À peine eut-il franchi l'issue qu'une nouvelle pile de caisses et de tonneaux s'écroulait pour obstruer le passage.

« Et voilà le travail ! » lança une voix connue.

Louis-Dominique se retourna pour recevoir dans ses bras... Amélie !

« Sœurette ! Quelle adorable surprise ! Belle manœuvre, je suis fier de toi. Comment m'as-tu retrouvé ? »

Il la serra très fort et la couvrit de baisers fraternels.

« Plus tard. Oh ! Tu saignes, tu es blessé ! s'inquiéta-t-elle.

– Ce n'est rien, pas le temps de s'attendrir, ils vont rapidement déblayer l'éboulis. »

En effet, on les entendait déjà ébranler l'amoncellement enchevêtré en pestant.

« Martin s'occupe de couper leur retraite. Il nous rejoindra bientôt. Filons ! »

Main dans la main, ils s'élancèrent dans la rue où circulaient encore beaucoup de Parisiens pour une heure aussi tardive.

*

Lorsqu'ils se retrouvèrent tous les trois à l'abri d'une nouvelle cachette, Martin ne se fit pas prier pour raconter de quelle manière il avait retrouvé la trace de son frère.

Comme il se dirigeait vers le couvent des Cordeliers, il avait aperçu au loin Louis-Dominique qui filait d'une foulée rageuse dans la direction opposée. Intrigué, il avait, dans un premier élan, pensé le rattraper, puis, toujours prudent, s'était ravisé. La façon d'agir de son aîné ne semblait pas normale. Décidé à le suivre à distance, il avait assisté à l'enlèvement et s'était précipité à la maison pour alerter Amélie. Tous deux avaient établi un rapide plan d'attaque, en constatant que ces caves ne possédaient qu'une seule sortie.

« Bravo mes larrons ! lança Louis-Dominique avec son panache habituel. Bravo, mais c'est dommage, car ces infâmes, à la solde du sieur De Launay, m'auraient conduit tout droit à lui. Baste ! Nous trouverons un autre moyen. »

Il se leva, regarda par la minuscule fenêtre. La cabane où ils s'étaient réfugiés, était la réserve à bois d'un ami sabotier de la rue de Saintonge. Cette bicoque, adossée au mur aveugle d'une bâtisse de trois étages, au fond d'une cour, offrait l'avantage d'une seconde issue par les caves.

Ce qui avait attiré l'attention de Louis-Dominique était le tip-tip régulier des gouttes qui perlaient au nez de la fontaine et remplissait peu à peu le seau de bois. Il se tourna vers sa sœur. Yeux clos, elle se reposait, appuyée à la paroi vermoulue.

"À la moindre étincelle, toute cette réserve, plus inflammable que de l'amadou, partirait en fumée" songea Louis-Dominique. Il déposa un baiser sur le front d'Amélie. Elle ouvrit les yeux, ombrés de mauve.

« Serais-tu lasse, ma chère sœur ? »

Elle soupira.

« On le serait à moins. Le jour se lève, et cette nuit blanche a été riche en émotions, ne trouves-tu pas ?

– Par sa ventripotente* majesté Louis le XVIe, tu as raison. Martin pique du nez et je ne suis guère plus combatif. »

Il se rassit sur les bûches. Le vieux plancher geignit.

* ***Ventripotente :*** *qui a un ventre important.*

« Voilà un lit qui manque de moelleux, mais il serait imprudent, dorénavant, de regagner le logis familial sans d'immenses précautions. »

Louis-Dominique tira la lettre de sa chemise et l'agita comme un éventail, sans pour autant dissoudre la touffeur de l'air.

« L'audace a parfois du bon. Personne n'a eu l'idée de me fouiller. À présent, j'en ai la certitude, deux camps rivaux recherchent cette missive. Ce treize juillet naissant et la nuit qui suivra seront décisifs. Notre père sera libre dans moins de deux jours, ou je serai mort ! »

Cet élan théâtral irrita Amélie qui était un peu fatiguée de ses belles envolées oratoires de tribun. Mais de quoi n'était-il pas capable pour éblouir la belle Guillemette ?...

« Et maintenant, qu'allons-nous faire ? demanda-t-elle pour l'obliger à redescendre de son petit nuage. »

Louis-Dominique s'ébroua. Le pétillant de ses yeux perdit de son intensité.

« Je vais rédiger un billet que tu déposeras à l'hôtel de la rue de Vendôme, là où nous avons intercepté la mallette. Puis, tu rentreras à la maison. Pendant ce temps, je me posterai en embuscade au lieu de rendez-vous que je vais fixer au gouverneur.

– Tu veux rencontrer le gouverneur ?

– Tout à fait, morbleu ! Et en plein jour, il serait fort étonnant qu'il tente un coup de force... Quant à Martin, le pauvret, il dort. Laissons-le récupérer. »

Sur une feuille froissée, Louis-Dominique traça son laborieux message : "Votre mallette se lamente au jardin des Cordeliers. Venez seul, sinon..." Satisfait de la formule, il plia le papier et le tendit à sa sœur qui hésita.

« Crois-tu qu'il soit bien prudent...

– Si nous n'agissons pas rapidement, jamais notre père ne reverra la lumière du soleil. »

Amélie ne répliqua pas, saisit la lettre et, après une bise fraternelle, sortit de la cabane. Songeur, Louis-Dominique la regarda s'éloigner, ondulante. Il savait qu'il ne pouvait plus reculer. Et les troubles de la capitale étaient favorables aux entreprises audacieuses.

"Nous réussirons ! Nous réussirons avec l'aide de Dieu."

Il se détendit quelques minutes en songeant à sa belle, et crut entendre son rire. Il écarquilla les yeux : personne ; il s'était assoupi. Il se leva, flageolant, s'approcha de la fenêtre. Le seau, sous la fontaine, était plein. Plus de temps qu'il n'avait estimé s'était écoulé. Il couvrit Martin d'un sac de toile rêche et sortit à son tour.

L'agitation inhabituelle qui régnait dans les rues ne laissait rien présager de bon. Des meneurs exhortaient les foules à courir aux armes, faisant écho au pillage du couvent Saint-Lazare et du Garde-meubles. C'était l'occasion pour les forts en gueule qui avaient besoin de faire éclater leur hargne, de montrer leur détermination à engendrer le pillage. Les piteux et les couards* les poussaient en avant, trop heureux de hurler ensuite avec les loups. Et les groupes chargés de haine fonçaient à l'assaut des dépôts d'armes et de nourriture.

Louis-Dominique franchit la Seine en direction du couvent des Cordeliers. Un chaland, hâlé par deux hommes qui marchaient sur le quai, venait s'amarrer. Le matelot qui dirigeait la manœuvre chantait d'une voix plaisante une vieille rengaine de marins que le fleuve portait, couvrant les bruits alentours.

Un journal traînait sur la chaussée. Bien qu'il sache à peine lire, Louis-Dominique le ramassa ; surtout pour se donner une contenance. La rue de l'Observance et celle des Cordeliers qui s'articulaient à l'angle du couvent, n'étaient guère passantes. Le flot se concentrait sur le boulevard voisin.

* ***Couard :*** *peureux, lâche.*

Louis-Dominique se faufila par le passage habituel, traversa le couvent et le cloître avec les précautions d'usage, se retrouva dans le magnifique jardin. Un immense chêne lui offrit le poste d'observation idéal qui lui permettait de voir arriver le gouverneur. Il s'y hissa avec souplesse. Le parc était désert à cette heure matinale, bien davantage encore que les autres jours, où l'on voyait toujours quelques couples se rencontrer en secret.

Louis-Dominique avait replacé la précieuse lettre sous sa chemise. Il ne pouvait se résoudre à la confier à une cache quelconque qui pourrait être visitée par hasard. Il ne savait pas encore comment négocier et attendait que l'idée lumineuse jaillisse spontanément. Comme toujours, l'improvisation créatrice l'emportait sur sa réflexion.

Pour l'heure, il était fatigué et s'il n'avait pas été en équilibre instable, il se serait à nouveau assoupi.

Le soleil s'appuyait sur les toits pour prendre son élan. Amélie devait avoir remis le message depuis longtemps. N'avait-elle pas éveillé les soupçons du portier ?

Une silhouette traversa le parc en courant. C'était une fille vulgaire, bientôt poursuivie par un gaillard débraillé. L'agile bougresse entraîna son soupirant du côté du cloître.

Un pigeon se posa près du guetteur, le regarda de côté de son œil cerclé de rouge, puis gonflant son jabot, alla roucouler d'orgueil au bout de la branche.

"Hâtez-vous donc, monsieur le chef de la Bastille ! Je m'impatiente !"

Louis-Dominique commençait à douter de l'efficacité de son plan. Il lui fallait se changer les idées. Il dégagea de sa ceinture le *Journal général de France* du samedi 11 juillet 1789 et concentra son attention sur le double feuillet de ce numéro 83 qui commençait par un compte rendu de l'Assemblée nationale, où le roi rappelait qu'il ferait tout ce qui était en son pouvoir pour soulager le peuple qui n'avait pas de raison de s'alarmer. Il abandonna à la dixième ligne et passa à la dernière page, aux résultats de la loterie royale, rêva avoir joué le 3, le 8, le 27 et le 48, et remporté la cagnotte... Ce qui lui aurait peut-être épargné toute cette folle aventure.

*

L'homme ne tenait pas à être vu. Il s'était glissé dans le jardin par l'entrée principale, pour aussitôt se dissimuler derrière un gros arbre. Après quelques secondes d'observation, il fila vers le centre, où les bosquets foisonnant autour des rochers, offraient de meilleures cachettes. Se croyait-il le premier sur le lieu de rendez-vous ?

Louis-Dominique ne bougea pas, malgré les crampes qui lui montaient le long des jambes, après plus d'une heure d'attente. Bien que ne le voyant que du dessus, il était certain de ne pas reconnaître Monsieur De Launay. Pourtant, il ne doutait pas que l'homme fût là pour leur affaire. Quand celui-ci se plaqua au tronc de SON arbre, le garçon laissa tomber une poignée de glands. L'homme bondit en sortant un pistolet de sous sa veste et le visa.

« Holà ! Ne tirez point ! Je ne suis pas armé !

–Qui es-tu donc, jeune plaisantin ? »

Louis-Dominique lui rendit un large sourire factice.

« N'ayez crainte, Monsieur, mes projectiles n'avaient pour but que d'attirer votre attention. De plus, de cet observatoire, je puis vous assurer que nous sommes seuls.

–Qui es-tu ? répéta l'autre sans baisser son arme.

–Je suis un messager du peuple, et vous ?

–Le secrétaire particulier de monsieur le gouverneur.

–Quelle certitude en ai-je ?

–Jeune freluquet impertinent, mettrais-tu

ma parole en doute !... (Il se radoucit, glissa son pistolet dans sa ceinture.) Reconnais-tu ceci ? »

De son pourpoint, il sortit la lettre portée par Amélie.

« Qui vous l'a remise ?

– Le portier l'a reçue d'une gamine qui a filé sans même tendre la main. »

Louis-Dominique était rassuré au sujet de sa sœur qui avait pu s'éclipser sans être inquiétée. L'homme reprit :

« Descends de ton perchoir que nous puissions discuter sans hausser le ton.

– Vous pouvez parler, je vous entends fort bien.

– Moi, je ne t'entends pas.

– Grimpez me rejoindre, si votre âge vous le permet encore. »

L'homme contint sa colère.

« Pas question. Depuis quand faut-il se percher pour s'entretenir de choses sérieuses ? Venons-en au fait sans tergiverser. Que veux-tu en échange de la mallette ? »

Louis-Dominique reprenait confiance. Mais confiance rime avec méfiance ! Il devait manœuvrer avec prudence pour éviter de rejoindre le clan des rats crevés qui dérivaient au fil dolent de la Seine.

« Eh bien, messire, peu de choses en vérité ! Cette mallette vous sera restituée en échange de la libération d'un individu, peu recommandable certes, mais qui ne mérite pas un tel sort. Avouez que le marché est honnête.

– De quoi s'agit-il ? »

Louis-Dominique hésita. Révéler l'identité de son père, n'était-ce pas se trahir ? Pourtant, il n'avait pas le choix.

« Du sieur Cahuzet, retenu injustement, depuis bientôt six mois, en la prison de la Bastille.

– Rends d'abord la mallette et il sera libéré.

– Je ne mets point en doute votre parole, messire. Cependant, sans vouloir vous offenser le moins du monde, l'échange se fera dans l'ordre inverse. »

Louis-Dominique descendit de son perchoir jusqu'à la plus basse branche qui dominait encore le sol d'une bonne toise. Il restait hors de portée de son adversaire, mais pas d'une balle. Aussi proposa-t-il au secrétaire particulier du gouverneur de jeter le pistolet au pied de l'arbre et de s'écarter à bonne distance.

À sa grande surprise, l'autre obéit sans poser de conditions, ce qui fit penser à Louis-Dominique qu'il détenait là un atout majeur. Il sauta au sol, glissa l'arme dans sa ceinture.

L'idée tant attendue venait de naître spontanément dans sa tête. Il en fut soulagé. Les grandes lignes s'étaient dessinées en un éclair. Il avait tout le temps de penser aux détails.

« Ne différons point la transaction que nous allons arroser de ce pas à l'auberge du père André, si vous le permettez. Nous y serons plus à l'aise. Première rue à gauche, puis seconde à droite, vous reconnaîtrez l'enseigne "Au cochon qui s'ignore". Passez devant, je vous prie.

–Je réprouve cette désinvolture et cette arrogance, jeune homme. Le peuple se croit tout permis depuis quelque temps.

–Le peuple a peur et crève de faim, messire. C'est sa seule excuse. »

D'une bonne foulée, ils se mirent en route, l'un suivant l'autre. Ils croisèrent des groupes de plus en plus denses qui brandissaient des armes. Ils entrèrent dans l'auberge, se frayèrent un passage jusqu'à un renfoncement masqué par un rideau douteux. Le père André vint aussitôt prendre la commande.

« Une bouteille de ton meilleur vin, aubergiste, lança Louis-Dominique, feignant de ne pas connaître le cabaretier.

–Au service de ces messieurs, répondit celui-ci adoptant la même attitude. Il me reste un petit flacon du cru 83 dont vous serez satisfaits.

– Nous jugerons sur pièce. »

André était le cousin germain du père Cahuzet. Depuis six mois, il aidait la mère à procurer à sa marmaille le strict nécessaire. C'était un brave homme au cœur immense, rond d'abdomen et dégarni du crâne, tirant un catogan* étroit d'une couronne de cheveux épars. Un regard appuyé de Louis-Dominique lui fit comprendre que l'entrevue était secrète, et qu'il devait prévenir quelques amis sûrs de se tenir à disposition. À toutes fins utiles, il envoya quérir également Amélie et revint avec la commande.

« Buvons à la santé de sa Majesté ; que Dieu la conserve en sa sainte protection, proposa Louis-Dominique. »

L'homme leva son gobelet et jeta un coup d'œil glacial à son interlocuteur. Il réprima une violente envie de décoller la tête de ce jeune impertinent, mais les ordres étaient les ordres. Il fit sonner une pièce sur la table de bois brut, signifiant ainsi qu'il n'avait pas l'intention de s'attarder.

« Gardez tout, gargotier.

– Merci de vos largesses, monseigneur.

* ***Catogan :*** *nœud ou ruban qui attache les cheveux sur la nuque.*

– Portez-nous de quoi écrire, coupa Louis-Dominique, et une chandelle. Trouvez-nous aussi une estafette délurée pour porter un message urgent.

– Il sera fait selon vos désirs. »

Le père André apporta un papier, une plume et un encrier qu'il posa au milieu de la table, passa un coup de torchon sur les marques de vin et s'éclipsa. Louis-Dominique cachait sa nervosité sous une gaieté exagérée, mais il savourait ces instants dangereux.

« Libellez monsieur, je vous prie, un ordre de libération pour le sieur Cahuzet. Vous devez en avoir le pouvoir en tant qu'homme de confiance du gouverneur. Sitôt que le prisonnier aura quitté la Bastille, nous irons chercher la contrepartie que vous connaissez. Je sais que cette façon de procéder ne vous convient guère, seulement, le temps presse et nous ne pouvons agir d'une autre manière. »

L'homme ne dit rien. Il en avait trop à dire. Ses mâchoires se crispèrent. Il saisit la plume d'oie et rédigea un rapide message d'une écriture haute et anguleuse, puis cacheta à la cire. À cet instant, le rideau s'écarta et parut Amélie.

« On m'a dit qu'il y avait un message à porter. »

Louis-Dominique sentit un flot de sang brûlant lui monter au visage : et si l'homme avait vu Amélie déposer la précédente lettre ? S'il la reconnaissait ?...

Du coin de l'œil, il épia l'individu qui n'avait manifesté aucune surprise à l'arrivée de la fille.

« On t'a bien renseignée, petite, fit Louis-Dominique avec aplomb. Tu porteras ceci à Monsieur De Launay, gouverneur de la Bastille, en mains propres. As-tu compris ? »

Amélie joua la candeur naïve :

« Tout à fait : dans les mains propres du gouverneur de la Bastille ! »

Le garçon se tourna vers l'intendant dont il ignorait toujours le nom.

« S'il vous plaisait, Monsieur, de récompenser à l'avance le zèle de cette jeune fille, je suis persuadé qu'elle ferait diligence. »

Une autre pièce roula sur la table et disparut en même temps que le message. Le rideau retomba. Amélie était déjà à la porte de la taverne.

Louis-Dominique emplit les gobelets pour se donner une contenance. Il avait à peine touché au sien, mais celui de son vis-à-vis était vide. Qu'allait-il se passer à présent ? Tout cela semblait trop simple... L'homme avait accepté ses conditions avec trop de facilité, même si la fameuse lettre avait une importance capitale. Il fallait être vigilant.

Amélie courait-elle un danger ?

Soudain, une nouvelle bouffée de chaleur submergea Louis-Dominique : il n'avait rien prévu pour s'assurer de la libération de son père ! Et une lettre du Roy n'était-elle pas nécessaire dans ce genre d'affaire ? Il se sentit bien faible et ignorant. L'homme avait-il deviné quelque chose ? Ou ses dispositions étaient-elles déjà prises pour piéger le jeune téméraire ?

Le regard de Louis-Dominique se perdit un instant entre les poutres noircies du plafond. Il fit semblant de boire pour masquer son trouble. Il avait agi avec toute la légèreté de son âge et le redoutait à présent. Son adversaire pouvait être détendu et serein : il était maître de la situation, DEPUIS LE DÉBUT !

Le chat gardait la souris à portée de griffe.

Louis-Dominique devait réagir sans attendre la suite des événements. Il comprit qu'on ne tiendrait pas compte, à la Bastille, de la lettre qu'il avait naïvement fait rédiger. On allait l'enfermer au secret et le torturer jusqu'à ce qu'il révèle la cachette de la valise. Donc, il devait fuir.

Mais cela signifiait aussi perdre la dernière chance de réussir la transaction qui était encore possible, grâce à la formidable, mais éphémère*, monnaie d'échange en sa possession.

Alors, à l'abri du rideau qui les isolait de la salle où discutaient quelques buveurs, Louis-Dominique tenta une chose insensée : il sortit simultanément l'arme et la lettre !

Surpris, son vis-à-vis releva la tête, mais maîtrisa admirablement ses nerfs.

« Je pense, Monsieur, qu'avant les bijoux, c'est ceci qui intéresse votre maître au plus haut point. Alors, n'imaginez pas la récupérer aussi facilement. J'ai l'air tendre et jeunet, mais il ne faut pas se fier aux apparences. Ne bougez pas ! »

Par réflexe ou par bravoure, l'homme avait avancé le buste et tendu la main vers le document.

« Ne bougez pas, vous dis-je ! J'ai l'habitude de me servir des armes à feu. Un troisième œil au milieu de votre large front ne vous donnera pas une vision très nette de votre avenir. »

Louis-Dominique contenait avec difficulté le tremblement de sa main. Il se glissa hors du banc et, dos à la cloison, fixa l'homme impassible dans ses yeux noirs :

* ***Éphémère :*** *qui ne dure pas longtemps.*

« Je remettrai moi-même cette lettre à monsieur le gouverneur, avant le coucher du soleil, dès que j'aurai la certitude que le sieur Cahuzet sera en sécurité. Sinon, à l'aube, c'est à un député de cette liste qu'elle sera remise. »

L'intendant sembla un instant perdre contenance. Il ne s'attendait pas à cette ruade désespérée. Malgré tout, il se ressaisit très vite.

« Ainsi, coquin, tu as pris connaissance de ce pli confidentiel.

– J'ai eu cette audace, reconnut le garçon avec un sourire mécanique. J'en connais la valeur et suis prêt à tout. Je n'ai rien à perdre. Je ferai ce que j'ai dit. Ne cherchez pas à me suivre, mes amis vous en empêcheraient.

– Ne sois pas stupide. Me prends-tu pour un demeuré ? Je ne suis venu seul qu'en apparence. Mes hommes nous ont suivis et assiègent cette gargote. D'autre part, penses-tu que je t'aurais abandonné un pistolet chargé ?

– Prenez-vous le risque de me voir presser la détente ?

– Bien entendu. »

Ils s'affrontèrent du regard pendant de longues secondes, cherchant à deviner les intentions réelles de l'autre. Le pistolet était-il chargé ?

« Sois raisonnable, reprit le secrétaire particulier sur un ton froid et posé. Donne-moi cette lettre sans faire d'esclandre. Tu n'as aucune chance de t'échapper. Sois beau joueur et tu auras la vie sauve.

– Il m'est difficile de croire en votre clémence. »

L'homme présenta la paume au-dessus de la table et fixa Louis-Dominique avec intensité. Il émanait de sa personne une puissance qui incitait l'adolescent à déposer le précieux message dans la main tendue. Mais s'envolait alors le dernier espoir de sauver son père ! Louis-Dominique se raidit. Son poing se serra sur la crosse de l'arme, son index se crispa. Il ne devait pas succomber au pouvoir de son adversaire. Il ne devait pas !...

« Vous ne l'aurez pas, grinça-t-il, pas aussi facilement. Et si vos hommes entourent cette auberge, je connais un moyen de leur échapper. Alors vous passerez par mes conditions, avec en plus ce cadeau pour vous prouver ma détermination. »

Il pressa la détente. La détonation le sidéra.

Il n'avait pas ajusté son tir. La balle pénétra dans le bras droit de l'intendant. La manche s'auréola aussitôt de rouge. Sous la douleur et la surprise, le regard de l'homme se voila. Le

coup de feu avait stoppé net les conversations de la salle voisine. Louis-Dominique jeta l'arme inutile au visage du blessé et jaillit de l'alcôve d'un bond de côté. Tous les regards étonnés se braquèrent sur lui.

« À la garde ! hurla-t-il pour donner le change. Ce bandit voulait me tuer, je l'ai désarmé ! »

Tandis que les clients commençaient à se lever, il se faufila dans l'arrière-boutique, couvert par la poignée d'amis que le père André avait posté à cet effet.

« Ne le laissez pas s'échapper ! Service de sa Majesté ! hurlait le secrétaire du gouverneur en soutenant son bras ensanglanté. Laissez-moi passer ! À moi la garde ! »

Louis-Dominique traversa la cour encombrée de caisses, dévala l'escalier glissant de la cave et, à tâtons, se dirigea vers la deuxième porte qui racla le sol. Décidément, toutes les portes étaient victimes de l'humidité ! Dans l'obscurité, il tendit les mains pour situer les obstacles dont il connaissait la disposition. À droite se trouvait de grosses futailles ventrues. Il se glissa entre la troisième et la quatrième qui suaient la vinasse. Au fond, il découvrit l'étroit boyau, rampa sur plusieurs mètres, déboucha dans une autre cave, éclairée par un soupirail.

« Ouf ! Me voilà hors d'atteinte. »

Il épousseta la terre qui maculait ses vêtements et s'aperçut qu'il serrait toujours dans son poing la précieuse lettre. Il éclata de rire et la rangea au même endroit, sous sa chemise. Il tira la porte de la cave, grimpa l'escalier, scruta les environs : personne en vue.

3

Nuit blanche, nuit de feu

Louis-Dominique s'élança dans le jardinet qui agrémentait le devant d'une maison basse, rongée par la vigne vierge. L'inquiétude et la nervosité dominaient la rue. Louis-Dominique n'avait jamais vu autant d'agitation, n'avait jamais ressenti un tel trouble, en croisant les groupes beuglant, les hordes menaçantes, animées par la haine. La rumeur circulait, la rumeur enflait ! Une grosse femme rameutait et excitait ses troupes :

« Il paraît qu'à l'Hôtel des Invalides, trente mille hommes se sont rendus dès l'aube pour se procurer des armes. Par chance mes amis, le régiment de garde du dépôt a été mis en congé la nuit dernière !

– Hourra !

– On dit aussi que Paris est assiégée par des troupes ennemies !

– À mort ! À mort les traîtres ! »

On disait tant et tant de choses, vraies ou fausses qu'une minuscule étincelle suffisait pour que les Parisiens se jettent dans la guerre civile. Les bandes armées détruisaient et pillaient pour assouvir leur folie. La milice* bourgeoise sévissait. La violence drainait le feu dans tous les quartiers...

Contre toute prudence, Louis-Dominique se hâta de rejoindre le foyer familial. Il était inquiet au sujet d'Amélie. Il allongea la foulée, arriva au logis tandis que la mère houspillait les petits, toujours en train de se chamailler :

« Chacun dans son coin et qu'on entende voler les mouches ! Sinon la grande bête du Gévaudan viendra vous dévorer.

– Bonjour mère, Amélie est-elle rentrée ?

– Ah ! Te voilà toi ! Trois jours qu'on ne t'a vu. S'il n'y avait Martin et Amélie pour me rassurer...

– D'importantes missions m'ont retenu, Maman. Amélie est-elle rentrée ? insista-t-il.

– Dieu nous protège, ta sœur est fille sérieuse et ne traîne pas comme toi le pavé ! »

Soulagé, Louis-Dominique referma derrière lui la porte du rez-de-chaussée où s'entassait toute la famille.

« Je ne suis plus un nourrisson », argumenta-t-il.

Et il passa dans la pièce voisine, où sa sœur tentait d'emmailloter le petit dernier qui s'agitait furieusement.

* ***Milice :*** *troupe formée dans une commune pour renforcer l'armée.*

« Amélie, je suis content de te voir. Je craignais que tu aies eu maille à partir avec les sbires* du gouverneur.

– Oh ! Te voilà, comme j'étais inquiète ! »

Ils s'étreignirent et s'embrassèrent.

« J'ai déposé ton message et m'en suis allée sans être soupçonnée ni suivie.

– Tant mieux, mais ce risque aura été inutile. Les dés étaient pipés. Nous nous frottons à très forte partie et notre "dague" est émoussée. »

Amélie ne répondit pas et acheva de langer le bébé. Louis-Dominique se détourna, posa son front contre la vitre. Il était épuisé. Un tic nerveux agitait sa joue gauche.

« Morbleu ! Est-ce tout ce qu'on propose à ma dent de loup pour déjeuner ! s'exclama-t-il, se retournant et se dirigeant vers la table. »

Il se laissa choir sur le banc de bois, poli par le frottement répété des fonds de culottes et autres cotillons.

« Mon gars ! fit la mère, outrée, les temps ne sont plus à l'abondance. Il est plus aisé de trouver coups de bâton et soupe aux cailloux que simple miche, tu devrais le savoir.

– Pourtant mère, je vous ai fait porter hier une bourse bien garnie dans laquelle vous pouvez puiser tant que vous voulez... »

* ***Sbires :*** *les hommes qui assurent la protection rapprochée du gouverneur.*

La mère, les poignets plantés sur ses larges hanches, le toisa avec un air fataliste :

« Certes, mon grand ! Mais comment peut-on appâter le poisson quand la mare est à sec ? »

Louis-Dominique n'avait pas pensé à cette éventualité. Il s'imaginait encore aux temps d'avant quand la famine ne guettait pas les pauvres citadins.

« N'y a-t-il plus la moindre tranche de lard, le plus petit navet sur le marché ?

– Rien. Même l'or ne fait plus jaillir le pain de sous les tabliers. Les troupes entourent Paris et aucun convoi n'a pu pénétrer en ville depuis plusieurs jours. La foule s'est ruée sur les réserves de grain. Sans homme au foyer, me vois-tu courir le quartier, au risque de recevoir un mauvais coup. Grâce au ciel, l'oncle André nous aide ; même si le quotidien paraît maigre à certains... »

Louis-Dominique ne répondit pas, vexé et honteux à la fois. Il se consola en pensant qu'un jour prochain on reconnaîtrait son mérite et que tout se terminerait dans la joie. Enfin, si Dieu le veut, pensait-il...

Mais aussitôt, il réalisa que son dernier stratagème était un lamentable échec. Ses adversaires devaient être fous de rage et aux abois. Sans un mot, il but sa soupe, le nez dans son assiette ébréchée. Il se sentait bien impuissant soudain, malgré la lettre de cachet. Du dos de la main, il essuya ses lèvres. Le soleil, par les petits carreaux de l'unique fenêtre, jouait avec les poussières en suspension. Comme tous les gamins, Thibaud tentait de s'en saisir. Heureuse innocence qui ne dure guère...

C'est alors que survint Martin tout hirsute et la paupière encore frangée de sommeil. La mère le héla, en passant un coup de chiffon mouillé sur la table :

« C'est à c't'heure que tu arrives, mauvaise graine ! Y a plus rien à manger. »

Martin s'assit au coin de la table, face à son frère. Ils se jetèrent un regard complice.

« Plus le moindre quignon, Maman ? implora le cadet. Même avec plein de bisous-monnaie ?

– Ah ! toi, tu sauras y faire. Tu es plus subtil que ton frère. »

La mère Cahuzet se dirigea vers le buffet avec un sourire en coin. Toujours à rabrouer, à gronder, mais sans cesser d'être attentive aux besoins de sa couvée.

« Tu mériterais qu'il ne me reste rien, vaurien ! Tiens, cale-toi ça sous la dent. »

Elle lui tendit un demi-oignon et une tranche de pain bis et dur.

« Merci Maman. »

Martin mordit dans son maigre repas en se versant un gobelet d'eau claire tandis que Louis-Dominique se dirigeait vers la porte. Trop de temps avait été perdu, il devait agir.

« Je reviens avant ce soir ! lança-t-il en sortant. »

Il se jeta dans la foule, marcha au hasard, la tête pleine de coton, se fraya un passage à coups d'épaule rageur dans les groupes concentrés ça et là, au gré des rencontres avec les meneurs. Certains tentèrent de l'entraîner. Il se détourna avec d'autant plus de hargne qu'il ignorait toujours le moyen de sortir de l'impasse. La lettre du maréchal De Broglie était peut-être déjà périmée. Demain, il ne pourra plus rien tenter pour sauver son père qui devra tirer ses dix années de cachot, sans espoir de remise de peine. Demain, mardi 14 juillet, sera un autre monde dans lequel il ne pourra pas vivre serein.

« Par la mortverte ! J'enrage. Je sens le but tout proche et suis incapable de l'atteindre. Faut-il que le mauvais sort s'acharne toujours sur les pauvres gens ? Avons-nous tant démérité pour que le ciel... »

Une main s'étant posée sur son épaule, il fit un bond de côté, prêt – fort de l'expérience précédente – à se défendre ou à fuir. En reconnaissant le garçon qui l'avait abordé, il se détendit.

« Gentet !

– Tu parais bien furieux, Louis-Dominique.

– Mon brave compagnon, j'ai en effet de gros... très gros soucis. Mais viens donc à l'écart que nous puissions parler. »

Par une ruelle, il l'emmena s'asseoir sur les marches de la fontaine des Innocents, près de l'entrée du cimetière des enfants du même nom. Il avait décidé de se confier à son ami qui trouverait peut-être une solution.

Gentet écouta avec attention, en flattant machinalement le duvet sombre qui couvrait sa lèvre supérieure. Âgé de quinze ans et demi à peine, mince et long sous un chapeau à larges bords fatigués, il dépassait pourtant Louis-Dominique d'une bonne tête. À l'issue de l'exposé, il demeura silencieux un long moment, puis se décida :

« Tu t'opposes à très forte partie. Pourtant, avec un peu d'habileté, l'affaire ne paraît pas impossible et, si tu le veux, mon aide t'est acquise.

– Gentet, tu me réchauffes le cœur. Nous saurons récompenser nos fidèles amis. Rassemblons tous nos compagnons. Plusieurs avis feront gagner un temps précieux.

– Bonne idée, allons-y ! »

Ils se séparèrent, après s'être accordé sur le lieu secret de la réunion.

*

Martin et Amélie les ayant rejoints, ils étaient huit avec Antoine Gareux, La Franchise, Pierre Fournel et Tantaine. Ils s'étaient rassemblés dans le grenier vide du père de Gentet. Autrefois, ils s'asseyaient sur des sacs rebondis de farine volatile. Aujourd'hui, ils se trouvaient en tailleur à même le plancher.

Pierre Fournel fourrageait sa toison de flammes. La Franchise se rongeait les ongles comme à son habitude. Antoine Gareux attendait les ordres et Gentet dissimulait ses pensées sous son informe chapeau.

Dehors, la rumeur était constante. Le soir tombant, des torches avaient été fichées un peu partout pour éclairer les artères comme en plein jour. Les groupes sillonnaient les rues pour exhorter la populace à la révolte. On criait des noms : Sieyès, Marat, Fabre d'Églantine, Camille Desmoulins, Maximilien Robespierre, et tant d'autres encore inconnus des Parisiens, mais qui constituaient déjà des signes de reconnaissance.

« Alors, que faisons-nous ? » demanda Pierre Fournel.

Louis-Dominique se leva. Il était le chef et devait prendre une décision.

« Il n'y a qu'une solution : l'offensive », dit-il pour gagner du temps.

Nerveux, il arpenta la pièce, ne sachant comment lancer cette fameuse offensive, mais l'idée, aussi délirante que les précédentes, jaillit :

« Mes amis, écoutez-moi bien. Nous allons attaquer la Bastille ! »

Cette fois, les réactions furent violentes.

« Il délire !

– Tu n'y songes pas, c'est une forteresse !

– Nous ne possédons aucune arme ! »

Comme il ne répondait pas, campé et le visage énigmatique, l'ironie se mêla aux propos :

« Faudra-t-il la prendre d'assaut comme au Moyen Âge ?

– Ou engager des mercenaires ?

– Et soudoyer les soldats ? »

Louis-Dominique leva le bras pour réclamer le silence.

« Quand je dis que nous allons prendre la Bastille, c'est une image, comme on dit "prendre le taureau par les cornes" ! Tas de niais ! »

Il y eut des soupirs de soulagement.

« Prendre la Bastille signifie “forcer Monsieur De Launay à se rendre à nos exigences”.

– Comment comptes-tu y parvenir ? demanda Tantaine au minois de furet espiègle. Tu as déjà tenté plusieurs fois, en vain (oserais-je te rappeler) d’utiliser cette fameuse lettre de cachet que nous ne connaissons pas.

– La lettre, vous voulez la voir ? La voici ! »

Très théâtral, Louis-Dominique la tira de sa chemise. Elle avait des allures de crêpe mal cuite, tant la sueur l’avait imprégnée. Mais l’effet magique se produisit malgré tout.

« Cette lettre est le plus formidable des laissez-passer. Nous devons absolument en tirer profit, aujourd’hui dernier délai. Elle est convoitée par plusieurs groupes. Il suffit de la brandir au-dessus de la meute et les loups affamés s’entre-déchireront pour s’en emparer.

– Encore une... image ? Explique-nous cela un peu plus clairement, se permit Amélie.

– Nous allons prévenir le répugnant sieur De Launay que la lettre sera ouverte EN PUBLIC, et en présence des députés du Tiers état, demain à l’aube, devant les portes même de sa prison.

– Et alors ? firent plusieurs voix. »

Matamore*, Louis-Dominique se dressa devant ses équipiers :

« Et alors, c'est simple ! S'il ne veut pas que toute l'agitation populaire dégénère en bataille meurtrière, il devra passer auparavant par nos exigences.

– Rien que cela. Par quel moyen comptes-tu arriver à tes fins ?

– En portant à intervalles réguliers des missives de plus en plus pressantes. La rumeur publique fera le reste.

– Encore du courrier ! déplora Amélie.

– Pour enfoncer un clou, ne faut-il pas lui taper plusieurs fois sur la tête ? »

Ah ! Louis-Dominique retrouvait ses belles formules d'autrefois ! Il se sentait mieux, retrouvait du tonus.

« Mon cher frère, cette nouvelle tentative me paraît bien folle et hasardeuse.

– Qui ne tente rien n'a rien !

– Comme tu voudras, c'est toi qui décides. »

Ils se levèrent sans savoir au juste ce qu'ils devaient entreprendre, mais le chef avait parlé. Ils se mirent tout d'abord à la recherche de papier, encre et plume. De tels objets n'étaient pas monnaie courante chez un boulanger quasi

* ***Matamore :*** *vantard.*

illettré. Alors on dut patienter que l'un d'entre eux, le plus dégourdi (La Franchise), trouve les précieux outils du savoir.

Louis-Dominique, le seul à posséder quelques bonnes notions d'écriture, grâce à une ancienne amitié avec un prêtre qui lui avait donné le goût des lettres et du discours, écrivit laborieusement les quatre messages qui devaient obliger Monsieur De Launay à agir. Quatre estafettes furent désignées pour les porter toutes les deux heures : Gentet, Tantaine, Antoine et Pierre. Avec consigne d'une extrême prudence.

« Mes amis !... Au premier des messagers de la liberté ! »

Gentet se leva, s'empara de la lettre, salua l'assistance et disparut par l'échelle de meunier. Le silence et l'enthousiasme retombèrent en même temps que la trappe.

*

Quatre messages plus tard, la nuit rougeoyait, aux divers points de la capitale, de feux rugissants auxquels la petite troupe restait indifférente. Ils somnolaient, les uns contre les autres, se réveillaient en sursaut quand le chef monologuait* un peu trop fort.

* ***Monologuer :*** *parler seul.*

L'adversaire n'avait donné aucun signe de vie, ni d'impatience. Les messages étaient-ils seulement parvenus jusqu'au gouverneur ? À l'abri de sa forteresse, ne se moquait-il pas de ce puéril acharnement ? Les ordres de la lettre de cachet étaient-ils changés ?

Si les arrestations avaient été opérées, on en aurait entendu parler sur la place de Paris.

La nuit s'égoutta en lentes hypothèses pessimistes. Les nouvelles que chacun des quatre rapporta, n'étaient guère réjouissantes :

« Il y a des affrontements dans tous les quartiers !

– La troupe repousse les convois de nourriture qui attendent aux portes de Paris.

– On veut assiéger la ville. De terreur, des bandes armées massacrent tout sur leur passage.

– La milice bourgeoise est partout. Les heurts sont fréquents. »

La libération de Simon Cahuzet était un grain de sable... au fond de l'océan. Louis-Dominique, mâchoires crispées, tentait de contenir l'angoisse croissante qui l'envahissait par vagues de plus en plus puissantes.

Les événements ruinaient ses plans. Il avait envie de hurler à l'injustice, de frapper tout ce qui passait à sa portée, de déchirer le monde, et de courir se réfugier contre la généreuse poitrine maternelle. Oui, par moments, il redevenait petit garçon, quand il perdait pied et qu'aucune main secourable ne se présentait, aucune oreille attentive n'était disposée à accueillir ses confidences. Voilà, il se sentait seul, seul et écrasé. Sa superbe* s'évanouissait contre l'adversité et devant la difficulté insurmontable.

Pourquoi le mauvais sort s'acharnait-il ainsi sur eux ?

Cela faisait aussi trois jours qu'il n'avait pas revu Guillemette. Où était-elle ? Que faisait-elle ?

Guillemette !

Il pensait tant à elle qu'il ne pouvait plus rien entreprendre désormais sans la revoir, ne serait-ce qu'un instant, bien que la nuit fût très avancée. C'était vital.

« Mes amis ! commença-t-il pour secouer les somnolences, mes amis, vous avez bien mérité du repos.

– Oui, et nous ferions mieux de rentrer chez nous.

– Sage décision, Tantaine. Quant à moi, une certaine affaire m'attend encore. Retrouvons-nous à l'aube, comme prévu. Quelqu'un a-t-il une question ?

* ***Sa superbe :*** *sa grande confiance.*

– Ne vaudrait-il pas mieux être armés ? demanda Antoine.

– Paris foisonne d'armes de toutes sortes. S'il le faut, nous saurons bien nous en procurer le moment venu. Gardons les mains libres. Notre ruse et notre souplesse ont toujours été nos meilleures alliées, n'est-ce pas ?

– Ne pourrions-nous chercher aide auprès d'amis sûrs aux carrures rassurantes ?

– La force n'est pas nécessaire, Tantaine. Que feront quelques hommes face à une forteresse. Et quand bien même ils seraient des milliers et auraient des canons, ce ne serait pas encore suffisant pour libérer les prisonniers. Nous ne sommes plus au temps des catapultes* pour prendre d'assaut un château. Les soldats de sa majesté ne s'en laisseraient pas compter, bien à l'abri de leurs créneaux et de leurs murailles. Alors, nous jouerons notre dernière carte demain à l'aube. »

Et, chacun rentrant chez soi sans demander son reste, il s'enfuit vers les bras de la belle Guillemette.

La fougue de la jeunesse conjuguée à l'intrépidité de l'amour poussent souvent leurs malheureuses victimes à des élans dont ils ne

** **Catapulte :** engin de guerre qui servait à lancer des projectiles, surtout des pierres.*

mesurent les conséquences que bien trop tard. Et Louis-Dominique n'échappait pas à cette règle qui menait le monde depuis Adam. Il fonçait, cœur débordant de tendresse, et tête baissée comme un bélier, vers une montagne d'embûches qui n'étaient pas faites pour simplifier la situation.

Il caracola jusqu'à la demeure de Guillemette, en zigzaguant entre les monceaux de détritus, les amoncellements d'objets divers, répandus par les incendies et les pillages. Il louvoya à l'écart des groupes harassés qui prenaient un peu de repos, ou cuvaient les flacons de vin qui leur avaient donné du cœur au ventre.

Il s'arrêta devant la sixième maison de la rue du Bayle. Malgré la chaleur, les deux fenêtres du premier étage (au-dessus de l'étroite charcuterie), où se blottissait toute la famille de sa belle, étaient closes. Sans doute à cause du bruit.

Il pensa lancer des petits cailloux dans les vitres de la pièce de gauche, mais la rue était encore trop animée et il n'était pas certain de ne réveiller que Guillemette. Elle partageait cette chambre avec ses trois autres sœurs tandis que le petit dormait dans celle de ses parents.

Louis-Dominique connaissait une autre possibilité pour rejoindre sa belle, bien plus périlleuse, mais d'autant plus savoureuse qu'elle mettait en péril sa vie et son amour ; car il faut préciser que le père Degois était un coléreux qui protégeait jalousement ses filles.

L'amoureux imprudent se faufila dans l'impasse qu'un appentis de fortune, appuyé contre la maison, réduisait encore de moitié. Il se hissa sur le toit. De là, il pouvait atteindre une corniche étroite qui ceinturait le premier étage. Il s'y risqua. Cramponné à une pierre d'angle, il progressa le long de la façade arrière, agrippa le rebord de la fenêtre, ouverte celle-là. Il s'y hissa, s'assit sur le rebord, fouilla les ombres de la pièce obscure. Les furieux ronflements du père Degois provenant de la pièce voisine, ne le rassuraient qu'à moitié. On disait qu'il tenait toujours à portée de main, par crainte des voleurs, l'un de ses hachoirs aiguisés. Et que parfois dans ses rêves, il lui arrivait d'en menacer ses ennemis. Mais ce n'était sans doute que légendes que Louis-Dominique ne tenait pas à vérifier.

Les deux petites dormaient dans le lit de gauche. Les deux grandes se partageaient celui placé près de la fenêtre de la rue. Adeline était tournée vers la ruelle. Guillemette reposait au bord, détendue sur le dos. La chaleur moite avait fait repousser le drap chiffonné au pied du lit. Si l'une des quatre se réveillait en sursaut et poussait un cri, Louis-Dominique était perdu... Il sentait déjà le hachoir du charcutier lui fendre le crâne en deux parties égales jusqu'au nombril et sa petite âme s'échapper pour batifoler avec les lourdes vapeurs nocturnes.

L'amoureux ébloui murmura le prénom de son adorée qui aussitôt s'éveilla et se dressa. Ses yeux s'agrandirent et elle ravala une exclamation de surprise. Elle se leva, menue dans sa chemise légère, sans réveiller sa sœur et se jeta dans les bras de son bien-aimé. La position n'était guère confortable, mais ils restèrent ainsi enlacés, un temps infini.

Louis-Dominique et Guillemette voguaient ailleurs...

« Le vent sournois avait poussé la barque loin de la côte, tandis qu'ils se dévoraient de promesses muettes. Qui avait détaché l'amarre et donné l'élan pour franchir les courtes vagues déferlantes ? Combien de temps dérivèrent-ils ? C'est le souffle d'une langue de feu, queue de comète qui semblait les avoir propulsés... Ils voguaient au-dessus de la mer verte, blanche et bleue, à hauteur des nuages, comme suspendus à un ballon(1) gonflé d'air chaud… ou plutôt, dans une bulle… un œuf métallique muni de hublots et d'antennes d'écrevisses. Et la France leur sembla minuscule au bout extrême du continent. En s'élevant encore, l'étrange engin, clignant de mille petits yeux, leur montra une Terre toute ronde, confirmant les dires incroyables de Copernic et Galilée(2) qu'il était encore bien difficile de croire à présent. Ils allaient en faire le tour de cette boule bleue ! Et s'ils ne découvraient pas en quelque lieu, en quelque île des antipodes, un havre de paix, ils fileraient vers le monde des Sélénites(3), où tous les êtres sont égaux. Et de là-haut, ils feraient pleuvoir des messages à l'encre magique du cosmos, messages de tolérance et d'amour aux petits hommes de la Terre, pour les guérir de leur grande maladie d'orgueil sanguinaire… »

Le jour se levait… Ainsi que le charcutier !

Son poids considérable fit mugir le plancher. Guillemette se redressa, hagarde,

(1) ***Ballon :** une montgolfière ; aérostat inventé par les frères Montgolfier en 1783.*

(2) ***Copernic et Galilée :** deux astronomes qui ont démontré que la Terre et les planètes tournaient autour du Soleil.*

(3) ***Sélénites :** autrefois, habitants présumés de la Lune.*

soudain consciente de l'extrême danger. Son père devait passer par cette pièce pour descendre au rez-de-chaussée !

« Sauve-toi vite, souffla-t-elle à son amoureux, je t'aime.

– Je t'adore, ma tendre fleur lunaire. Tu m'as insufflé toutes les forces de l'univers !

– Chut ! Ne t'attarde pas davantage, de peur que mon père ne te découvre. Ce serait ta mort assurée, et la mienne.

– Je vole vers des cieux moins limpides, mais mon cœur demeure auprès de toi. »

La poignée tourna. Les deux amoureux s'embrassèrent une dernière fois avant que la porte ne s'ouvre, à l'instant où le garçon sautait au sol et Guillemette plongeait dans son lit.

*

La tête remplie d'un immense bonheur, Louis-Dominique, revigoré, fila vers la place de la Bastille, lieu de rendez-vous avec ses compagnons. Il faisait déjà lourd en ce début de matinée. Les vêtements collaient à la peau et l'atmosphère était pesante. Paris n'avait pas fermé l'œil de la nuit. Louis-Dominique non plus. Une sorte de trêve, au lever du soleil, maintenait la rue dans un état de léthargie. Il fallait récupérer un peu de forces car on sentait que cette journée du 14 juillet serait rude et décisive.

La fidèle petite bande au complet était au rendez-vous, Gentet sous son chapeau et Pierre Fournel auréolé de son halo rougeoyant. Ils furent soulagés en voyant survenir le chef, léger comme un papillon.

« Bien le bonjour, compagnons !

– Bonjour. Nous t'attendions. Tu sembles en forme, ce matin. Ne trouves-tu pas cette agitation qui renaît soudain de ses cendres un peu inquiétante ? demanda aussitôt Gentet. »

En effet, des groupes commençaient à se reformer et des éclats de voix à troubler la quiétude matinale.

« Elle sert nos intérêts, mon bon », lui répondit un Louis-Dominique ragaillardi.

Il lui tapa amicalement l'épaule et reprit, après un tour d'horizon sur les mouvements de la rue qui semblaient s'organiser et se concentrer aux alentours de la prison :

« Imagine le calme et la tranquillité d'un jour d'été ordinaire. Notre présence pourrait paraître suspecte. Au milieu du tumulte, nous passons inaperçus.

– Tu as sans doute raison, enchaîna Tantaine. En chemin, j'ai dépassé une centaine d'individus bardés d'armes. Ils hurlaient : "À la Bastille !"

– Moi aussi, confirma Pierre Fournel. »

Louis-Dominique se hissa sur un muret qui lui permettait de surveiller le premier portail de la sinistre bâtisse. Son père était quelque part derrière ces murs épais...

« Hé bien qu'ils y viennent tous à la Bastille, morbleu ! Voilà qui apporte de l'eau à notre moulin, et montrera à l'abominable gouverneur que nous sommes nombreux et menaçants. Ah ! ah ! ah ! ah ! »

Les sept autres auraient voulu partager son enthousiasme, mais chacun rapportait assez de mauvaises nouvelles pour s'alarmer intérieurement.

Louis-Dominique voguait encore sur les ailes de l'amour et la rêverie était tenace.

Déjà, on entendait les éclats des premiers groupes qui envahissaient les rues voisines.

4

14 juillet : à l'assaut !

Louis-Dominique n'avait d'yeux que pour la forteresse. Haute de quatre-vingts pieds[(1)], massive, laide, flanquée de ses huit tours rondes aux lourds créneaux, elle semblait d'un autre âge et un témoin permanent de l'oppression. La rue Saint-Antoine, pavée, se terminait par la cour de la caserne avec, à droite le porche sculpté menant à l'arsenal[(2)], au-delà duquel commençaient les vergers et les champs. À gauche, près de la guérite de la sentinelle, un puits donnait un peu d'animation quand les commères venaient y puiser de l'eau. Au centre, le premier pont-levis, toujours baissé devant une porte imposante, menait à la cour du Gouvernement, bordée à droite par l'hôtel du gouverneur et se continuant à gauche par un pont de pierre, enjambant les larges fossés. Celui-ci débouchait sur le pont-levis de la sinistre forteresse qui dominait le quartier de sa sombre et écrasante architecture. Seules quelques fenêtres étroites, munies de

(1) ***Quatre-vingts pieds :*** *environ vingt-cinq mètres (soit huit étages d'immeuble).*

(2) ***L'arsenal :*** *dépôt d'armes et de munitions.*

puissants barreaux, donnaient l'impression que des êtres humains pouvaient y séjourner. On disait qu'elle comportait deux cours, tels deux puits où le soleil ne pénétrait qu'à son zénith, entre mai et juillet. La Bastille était le symbole de la royauté.

Depuis la réunion des états généraux, la royauté n'inspirait plus entière confiance et, face aux conditions de vie plus difficiles que jamais, on était prêt à tout.

La foule se massait de plus en plus dense aux abords de la Bastille. Les Parisiens des faubourgs côtoyaient les artisans, les commerçants, les petits bourgeois, les manufacturiers et les soldats de la milice.

« C'est plein de poudre là-dedans ! clama une grande brute nommée Legendre.

– Et les armes, ça doit pas manquer, répliqua un autre.

– Oui, mais au bout des fusils se trouvent des mains expertes dans leur maniement !

– Puisqu'on est là, il faut faire quelque chose.

– Tout ça, c'est de la faute de l'Autrichienne[1] ! rugit une femme, taillée comme les forts[2] de la Halle, en brandissant le poing.

[1] ***L'Autrichienne :*** *il s'agit de l'épouse du roi Louis XVI, Marie-Antoinette, qui était autrichienne.*

[2] ***Les forts :*** *les hommes qui portaient les marchandises.*

– Pourquoi ne pas nous rendre à Versailles ![1] s'exclama une autre. Nous perdons notre temps devant cette forteresse inébranlable !

– À quoi bon courir six lieues, c'est de la poudre qu'il nous faut, pas des promesses ! »

À ce moment, une troupe importante, échauffée par les slogans, grossit les rangs des indécis.

« Nous avons trouvé des armes ! hurlaient-ils.

– Mon... montrons à ces sales a-aristocrates de quoi nous sommes capables ! Et n'oubliez pas no-notre signe de reconnaiss...ance : cette feuille d'arbre, la cocarde verte ! hurlait Camille[2] qui bégayait un peu.

– Camille a raison, marchons sur la Bastille ! »

Louis-Dominique rassembla sa petite bande pour faire le point :

« Tout ceci bouleverse nos prévisions, mais ne nous laissons pas désarçonner. Nous trouverons peut-être l'occasion de tirer nos marrons du feu. Soyons vigilants et restons groupés. »

Tantaine grimpa sur une arche de ruelle pour dominer la situation. Des troupes armées

[1] ***La marche à Versailles :*** *les femmes de Paris se rendirent à Versailles les 5 et 6 octobre 1789 pour réclamer du pain ; face à la menace du peuple, la famille royale vint habiter à Paris, au palais des Tuileries.*

[2] ***Camille :*** *il s'agit de Camille Desmoulin, homme politique et journaliste, qui bégayait un peu.*

survenaient de toutes parts. Les premiers rangs furent poussés tout naturellement vers l'enceinte extérieure par le flot continuel des arrivants qui voulaient voir de quoi il retournait. La rumeur s'enflait sans cesse, se déformait, se contredisait. Les plus hardis s'avancèrent sur le premier pont-levis, se tassèrent devant la poterne. Ce puissant bélier vivant se pressa sur les portes qui, éprouvées par les siècles, finirent par céder. Ils envahirent la cour du Gouvernement.

Louis-Dominique fit signe à ses camarades de suivre le mouvement.

« Portons-nous en tête afin que De Launay puisse nous reconnaître. Nous devons être prêts à exhiber notre laissez-passer qui... »

Le brouhaha couvrit la fin de sa phrase. Amélie eut un mouvement d'hésitation. Son frère la saisit par la main, et ils se faufilèrent dans la masse, à la suite de Martin et des autres.

« Cette alliance inattendue est une aubaine à ne pas rater, Amélie.

–Louis-Dominique, sais-tu bien ce que tu fais ? C'est trop risqué, je n'aime pas cela...

–Viens, je te dis, c'est notre unique chance. »

La cour, le pont enjambant le large fossé, le verger sur la terrasse à droite furent investis. Le flot orienta son courant vers le pont-levis entre les énormes tours, au sommet desquelles on semblait s'agiter beaucoup.

Les slogans se mélangeaient, si bien qu'aucun n'était audible. Il y eut des tentatives de médiation*, des échanges de messages par la fente du pont levé, des conciliabules, des mouvements entre les créneaux et, tout à coup, un coup de feu claqua.

Gentet qui se trouvait deux pas en avant, fut brusquement plaqué au mur. Son chapeau tomba, découvrant ses yeux, démesurés par la stupeur. Une fleur rouge s'épanouissait sur sa chemise.

Sidérée, la foule s'était tue.

Sur les créneaux de la tour à gauche du pont-levis, flottait encore la fumée grisâtre de la poudre brûlée. Quelqu'un avait osé tirer sur la foule ! C'était un affront à toute la population parisienne et un innocent avait été touché.

D'un coup de rein, Gentet trouva la force de se décoller du mur et de hurler :

« Tenez bon les amis, nous la prendrons ! »

* ***Médiation :*** *certaines personnes essayaient d'arranger les choses en transmettant les messages entre les attaquants et les défenseurs de la Bastille.*

Et il s'écroula. Louis-Dominique et ses compagnons, consternés, l'entourèrent tandis que la meute s'excitait à nouveau.

« On tire sur des innocents ! À mort les aristocrates !

– Prenons-la cette maudite Bastille !

– Vengeons cet enfant ! À MORT ! À MORT ! »

Gentet fut couché à l'écart. La balle avait pénétré dans la région du cœur. Il perdait beaucoup de sang. Sa main s'était agrippée au bras de Louis-Dominique. Il leva les yeux, sourit et mourut.

Pendant ce temps, des soldats s'étaient joints aux manifestants. La garde nationale ralliait les insurgés ! Ils apportaient des fusils et des canons.

La panique gagna toute la forteresse. Du haut des remparts, on tirait maintenant à feu nourri sur les volontaires qui escaladaient le mur pour faire tomber le pont-levis. Des dizaines de téméraires s'écroulaient mais d'autres les remplaçaient.

On ripostait depuis la place de la Bastille et depuis la première cour où les dépendances commençaient à brûler. La folie destructrice s'emparait des Parisiens.

Vengeance ! Vengeance !

Dans le tumulte, le vacarme, les fumées, les projectiles divers, on perçut le lourd cliquetis des chaînes du pont-levis qui s'abattait. Un hourra monumental retentit, submergea la monstrueuse bâtisse qui voyait s'agiter, là-haut, les défenseurs. Au sol, un homme hurlait, jambes broyées par le pont tombé brutalement.

Ce premier coup de pied dans la fourmilière poussa une vague dense de miliciens et de fanatisés à l'intérieur de l'édifice. Ils furent refoulés par une mitraille meurtrière. Le deuxième flux l'emporta, avant que les assiégés n'aient eu le temps de recharger leurs armes.

Louis-Dominique et ses amis, épouvantés, demeuraient serrés autour de leur malheureux camarade.

« Que faisons-nous ? souffla Amélie, les yeux noyés de chagrin. Est-ce qu'il ne vaudrait pas mieux abandonner ?... »

Sa question se perdit dans la cacophonie...

À huit gamins, ils avaient voulu, dans leurs rêveries les plus délirantes, prendre la Bastille, et contraindre Monsieur De Launay à libérer un obscur prisonnier qui leur était cher. Et voilà que l'histoire, la Grande Histoire s'en mêlait, les dépassait, mettait le feu à la ville, ébranlait la monarchie et s'attaquait à la plus formidable des forteresses.

Et eux, ils restaient là, blottis, transis, meurtris, à regarder tomber des hommes et des femmes sous les balles des soldats. Ils demeuraient immobiles tandis que la populace, assoiffée de sang et de vengeance, déferlait, ravageait le quartier, incendiait, défonçait les lourdes portes et massacrait tout ce qui bougeait, tout ce qui portait perruque, sans discernement !

Louis-Dominique se redressa.

« N'oublions pas notre devoir, mes amis. Gentet, en mourant, nous a demandé de prendre la Bastille. Serions-nous des couards ? Devrions-nous rougir plus tard de n'avoir point participé ? Chacun trouvera sa récompense en raison de son courage, parole de Louis-Dominique Cahuzet dit "le tribun". Allons-y ! »

Il courut jusqu'à un escalier protégé par la bâtisse qui faisait l'angle du pont des douves(1). Les autres le suivirent, se plaquèrent au mur. Les balles sifflaient, ricochaient, brisaient les vitres. Par la poterne(2), ils virent arriver le renfort des grenadiers et des canonniers. Aussitôt, ces derniers pointèrent leurs pièces vers les deux tours qui dominaient l'entrée principale.

(1) ***Douves :*** *fossés remplis parfois d'eau.*

(2) ***Poterne :*** *porte de la fortification donnant sur les douves.*

Les échanges de boulets faisaient des ravages bien plus importants dans la foule et les maisons avoisinantes que dans les épaisses murailles.

Le vent rabattait les fumées au ras du sol.

Un groupe, dans lequel se glissèrent les jeunes gens, profita de cet écran pour traverser l'espace dégagé. Il franchit le pont-levis et s'abrita sous la poterne, tenue par des soldats portant tricorne ou bonnet à poil.

« Laissons passer le prochain orage, dit Louis-Dominique. Dès qu'une brèche s'ouvrira vers les cachots, nous foncerons.

– Crois-tu pouvoir trouver celui où Papa est enfermé ? demanda Amélie, très inquiète. »

Louis-Dominique se força à sourire :

« Jamais nous n'avons été si près du but, chère sœur.

– Tu as sans doute raison...

– Il faudrait peut-être nous séparer en deux ou trois groupes, pour augmenter nos chances de réussite, proposa Martin, le raisonneur, dont les yeux agrandis trahissaient la terreur.

– Nous déciderons le moment venu, conclut le chef. »

Il jeta un coup d'œil rapide à l'angle de la grande cour. Des combats violents, corps à corps, opposaient les défenseurs aux attaquants.

Des balles de plus en plus nombreuses écornaient les pierres, arrachaient des éclats de bois, et tuaient. Des mourants gisaient un peu partout. C'était atroce d'entendre les blessés hurler et supplier du secours.

Louis-Dominique revint prestement vers ses amis. Deux soldats, engagés dans un farouche duel au sabre, se repliaient dans leur direction. Le défenseur, beaucoup plus costaud, venait d'asséner un terrible coup de son arme sur le bras gauche de son adversaire. La manche déchirée laissait paraître le muscle entamé. Le blessé perdait pied et parait les assauts tant bien que mal.

Une nouvelle fournée d'assaillants survint, à l'instant où une demi-douzaine de soldats se mettait en position de tir à l'autre extrémité. Secondes d'indécision.

Les sept jeunes gens, plaqués contre le mur, se trouvaient à égale distance des deux feux.

Les escrimeurs, négligeant le reste de la bataille, reprenaient le centre de l'espace couvert. Les envahisseurs profitèrent de l'hésitation et, poussés par de nouveaux arrivants, se jetèrent à l'assaut. Surpris, le défenseur, qui avait pourtant le dessus, fit un bond en arrière qui bénéficia à son adversaire. La lame de ce dernier s'enfonça sous les côtes.

Il n'eut pas le temps de savourer sa victoire qu'une salve* le fauchait à son tour.

« En avant ! hurla quelqu'un. Ils sont à notre merci. »

Les rescapés de la mitraille se lancèrent à la poursuite des soldats, repliés vers les bâtiments de la première cour.

« C'est le moment ! cria Louis-Dominique pour dominer le bruit de la bataille. La voie est libre de ce côté. Fonçons jusqu'à la deuxième tour ! »

Courbés en deux, ils longèrent la muraille, passèrent devant la porte d'une bâtisse d'où leur parvinrent les échos du cliquetis des armes. Ils allaient se précipiter à découvert sur l'esplanade quand Martin désigna une porte :

« Regardez cet escalier, il semble conduire vers les souterrains.

– Bonne remarque. Allons-y ! commanda le chef. »

Il s'élança dans une descente abrupte, talonné par les autres qui ne tenaient pas à s'exposer davantage.

Au bout de quelques marches, ils marquèrent un temps d'arrêt, afin que leurs yeux s'accoutument à l'obscurité.

* ***Salve :*** *décharge simultanée de plusieurs armes à feu.*

« Aucun bruit, tout semble tranquille dans les profondeurs de ces catacombes, souffla Louis-Dominique. »

Ils retinrent leur respiration pour tenter de capter le moindre écho. En effet, tout semblait calme.

« Suivez-moi. »

Avec prudence, ils attaquèrent l'escalier en colimaçon, aux degrés glissants. Cent marches plus bas, ils débouchèrent dans une salle voûtée, éclairée par une torche, passée dans un anneau rouillé de la muraille. Personne. Louis-Dominique s'empara du flambeau pour examiner les lieux. La voûte de lourdes pierres en double croisée s'élevait à peine à douze pieds. Dans un coin, des chaînes rouillées étaient jetées en tas. Trois galeries, une à droite, deux à gauche, devaient conduire à des cachots.

« Commençons par le passage de droite » proposa le chef.

Ils se baissèrent car le plafond n'était guère plus haut que leurs têtes. Un couloir étroit les conduisit à une porte ouverte sur une cave déserte.

« Rien par ici. Demi-tour. Explorons les deux autres galeries. »

Le deuxième couloir, beaucoup plus large, menait bien à des cellules, toutes aussi vides. Après cette étonnante constatation, le groupe se trouva tout désemparé.

« Les prisonniers seraient-ils déjà libérés ? s'étonna Antoine.

– À moins qu'il n'y en ait plus depuis longtemps... observa Martin.

– Je ne peux pas croire que la Bastille soit désertée de tous ses prisonniers ! affirma Louis-Dominique. La bâtisse est vaste, ses souterrains bien davantage encore. Courage, mes amis, nous trouverons. »

Il s'avança dans le troisième tunnel qui s'enfonçait profondément sous terre. Des petits paliers donnaient accès à une ou deux geôles, vides également.

« Y a-t-il âme qui vive là-dedans ? Répondez ! »

Sa voix se dilua dans l'obscurité. Aucune réponse.

« Remontons, ordonna-t-il, nous ne trouverons rien ici ».

Ils regagnèrent la surface, retrouvèrent l'air étouffant, l'odeur âcre de la poudre, les bruits de bataille, les cris, les ordres, la canonnade...

À travers la grande cour, toujours le théâtre de tueries abominables, Louis-Dominique guida sa troupe terrorisée vers la deuxième tour droite initialement repérée.

« Halte-là ! on ne passe pas ! » beugla un soldat dépenaillé.

Son uniforme, déchiré en plusieurs endroits, laissait paraître des plaies brûlées et sanguinolentes. Il hasarda deux pas chancelants, leva son fusil. Louis-Dominique esquiva le coup de crosse, mais en reculant, buta contre Antoine et tous deux basculèrent en arrière. L'homme brandit à nouveau son arme.

« Attention ! » cria Amélie.

Le colosse pointa sa baïonnette sur les jeunes gens à terre. Louis-Dominique roula sur le côté dans les jambes de Martin. Antoine n'eut pas le temps de s'écarter... heureusement pour la suite !

Amélie, dans un geste désespéré, s'était jetée sur le soldat. Déséquilibré, celui-ci ne put ajuster son coup. La longue lame se planta entre deux pavés, juste à l'endroit où Antoine aurait dû se trouver s'il avait roulé !

Mus par le ressort de la panique, les deux garçons se relevèrent et s'engouffrèrent dans la tour à la suite des autres. Sans se concerter, ils unirent leurs forces pour repousser le panneau massif qu'ils bloquèrent avec un madrier découvert par Martin.

« Nous voici à l'abri. Cela tiendra bien le temps que nous explorions cette partie.

– À l'abri ? À condition qu'il n'y ait pas d'autres défenseurs de ce genre à l'intérieur, prêts à nous éventrer sans sommation.

– Toujours aussi inquiet notre cher La Franchise, remarqua Tantaine le furet.

– À mon avis, assura Louis-Dominique, ils se sont tous réfugiés dans les hauteurs pour nous canarder à loisir.

– Et s'il en reste un en faction ?

– Nous sommes sept, nous le mangerons !... Tiens, vois dans ce coin un sabre qui te donnera de l'assurance, La Franchise. Et ce gourdin, qui le veut ? »

Antoine Gareux tendit la main.

« Descendons à présent. »

Ils s'engagèrent dans un escalier semblable au premier, atteignirent une salle assez vaste, éclairée par plusieurs lanternes scellées aux murs.

« Voilà plus d'armes qu'il n'en faut ! s'exclama le chef, en désignant un râtelier* bien pourvu en fusils.

– Mais il n'y a ni balles ni poches à poudre, déplora La Franchise.

* ***Râtelier :*** *lieu où l'on range les fusils.*

– Et quand bien même ! s'esclaffa Antoine, tu ne saurais t'en servir. »

Louis-Dominique s'engagea dans le couloir le plus large qui prenait au bas de deux longues marches, sous une impressionnante double charpente. Elle soutenait la voûte, affaiblie par la masse considérable de l'édifice et les infiltrations d'eau.

« Par ici, j'ai entendu du bruit ! » lança Tantaine.

Ils se rassemblèrent devant une porte dont Louis-Dominique ouvrit le judas.

« Y a-t-il quelqu'un ? »

Une réponse étonnante leur parvint en écho :

« Point du tout, ami inconnu ! Il n'y a plus personne en ce lieu de déchéance car je ne suis plus depuis des lustres.

– Qui êtes-vous ?

– J'ai dû rendre l'âme voici fort longtemps et c'est mon fidèle compagnon de détention, Victor-le-rat-gris qui parle en mon nom, hein, Victor ? Êtes-vous le fantôme d'un ancien pensionnaire ou un nouveau geôlier ?

– Nous sommes venus vous délivrer. Les Parisiens ont pris d'assaut la Bastille.

– Ah ! Ah ! Ah ! Grande merveille est mon délire ! Je ne me connaissais pas tant d'imagination. Si le tas d'os moisis que je suis devenu, disposait encore de quelques forces, il danserait la gigue.

– Mon Dieu, il est fou, souffla Amélie à l'oreille de son frère, en pensant à son père.

– Je le crains... Monsieur !... Monsieur, rassurez-vous, nous ne sommes pas des fantômes, mais des gens bien vivants, en chair et en os. Pouvons-nous savoir qui vous êtes ?

– Qui je suis ? Nul ne le sait plus. J'avais un nom qui s'est effacé de ma mémoire, au fleuve des nuits sans jour.

– Depuis combien de temps êtes-vous ici ? demanda encore Louis-Dominique, le cœur serré en évoquant son père.

– Les trois premières années, j'ai compté l'écoulement des jours comme gouttes de sang. Puis j'ai perdu le fil de mon éternité. Oui, c'est cela, je suis devenu éternel.

– Connaissez-vous un prisonnier du nom de Cahuzet ?

– Sachez que règne céans(1) la loi du silence, de l'obscurité, de l'humidité, de la folie et de la mort. C'est un pays de grande solitude. Tout ce que je sais, c'est que nous ne sommes que deux par ici, et pas plus d'une dizaine(2) en tout dans les cachots de la Bastille... si certains n'ont pas gagné, depuis, un royaume meilleur. »

(1) ***Céans :*** *dans ces lieux.*
(2) ***Une dizaine :*** *ils étaient sept exactement.*

Louis-Dominique se tourna vers ses équipiers.

« Antoine, Tantaine et La Franchise, retournez dans la grande salle circulaire, et trouvez un trousseau de clefs pour ouvrir ces portes. Puis vous explorerez les autres galeries. Je me charge de trouver le second prisonnier.

– Nous n'avons pas de lumière.

– Soyez malins si vous n'êtes pas intelligents ! Ramassez le premier morceau de bois venu, nouez-y des chiffons ou votre chemise que vous enflammerez à cette torche, mille diables ! Vous auriez dû y penser depuis longtemps ! »

Louis-Dominique se dirigea vers les autres cellules. Les trois suivantes étaient ouvertes et inoccupées, mais la quatrième était close ! Il ouvrit le judas.

« Y a-t-il quelqu'un là-dedans ? » s'enquit-il, en déplorant la banalité de ses paroles.

Tout d'abord, il perçut juste un léger froissement, puis on s'agita de l'autre côté de la porte.

« Qui ose troubler ma méditation ?

– Nous sommes venus vous délivrer.

– Le jugement dernier aurait-il enfin sonné ?

– Pas encore. La Bastille est investie par le peuple de Paris qui vient vous libérer. Comment vous nommez-vous ?

– Alexandre-le-Grand car mon père était tout petit et contrefait[1]. Petit par la taille, mais point par le talent. »

Antoine revint à cet instant avec un énorme trousseau.

« Nous avons ouvert la première geôle. Il semble que ce prisonnier n'ait pas plus de raison que l'autre.

– J'en ai bien peur », déplora Louis-Dominique qui désespérait de retrouver son père sain de corps et d'esprit, dans ce dédale infernal.

« Nous n'avons rien trouvé de ce côté », annonça La Franchise.

Ils remontèrent au rez-de-chaussée.

L'étai de la porte[2] n'avait pas bougé. On entendait gronder le canon et la mitraille de l'autre côté du panneau de bois épais. Amélie leva la tête vers les hauteurs de la tour par l'enroulement de l'escalier. La lumière du jour pénétrait par une étroite ouverture qui laissait également filtrer l'odeur de la poudre. Elle monta quelques marches, tordit le cou, puis se pencha vers les garçons indécis :

« Et si nous allions voir là-haut, au lieu d'affronter des guerriers assoiffés de meurtre ? Nous y verrons peut-être plus clair ensuite.

(1) ***Contrefait :*** *difforme.*
(2) ***Étai :*** *pièce de charpente bloquant la porte.*

– Pourquoi pas sœurette. »

La logique poussait Amélie plus que la curiosité. Elle s'était dit que si les prisonniers les plus anciens étaient oubliés dans les cellules obscures, les plus récents pouvaient se trouver un peu plus haut... comme s'entassent les couches de feuilles mortes à l'automne.

Ils ne cherchèrent pas longtemps. Le premier judas qu'ils ouvrirent leur fournit la réponse tant attendue :

« Je suis Simon Cahuzet, orfèvre injustement condamné !... Mais je délire ou ai-je bien reconnu la voix de mon fils aîné ?

– Père, c'est bien moi, avec Amélie, Martin et quelques braves compagnons. Nous sommes venus vous délivrer !

– Grand Dieu, mes enfants ! Comment est-ce possible ? Un miracle. La grâce royale peut-être ?...

– Que non point, hélas, père ! Désolé de vous décevoir sur ce sujet. Nous vous expliquerons... Hâte-toi donc Antoine de trouver la bonne clef ! »

Leur excitation était à son comble.

« Voilà qui est fait ! » triompha le serrurier occasionnel, à l'image de son roi*, après quelques tâtonnements.

** **À l'image de son roi :** Louis XVI était passionné par la serrurerie.*

Ils poussèrent le lourd panneau. Les retrouvailles furent aussi touchantes que possible.

« Mes enfants ! Mes enfants, quel bonheur ! »

En quelques mots, ils décrivirent la situation au père Cahuzet que ses six mois de détention avaient affaibli. Ses rares cheveux (il allait sur ses quarante ans !) avaient jauni et ses dernières dents de devant se déchaussaient. Mais le regard demeurait vif et pétillant.

Ils regagnèrent une fois de plus le rez-de-chaussée, dégagèrent la porte. À l'extérieur, le vent avait soufflé dans le sens des attaquants qui semblaient tenir la situation en main. Les pavés de la grande cour étaient jonchés de cadavres et de blessés. Un canon placé à l'angle de la poterne tirait sur les remparts et creusait des brèches dans les rangs des défenseurs. Les pierres et les débris, en tombant, achevaient les mourants.

La petite troupe profita d'une accalmie pour se glisser à l'abri de la salle d'armes, contiguë à l'entrée de la forteresse. Des blessés avaient rampé jusque là ou avaient été portés par leurs camarades.

Simon Cahuzet rayonnait. L'un après l'autre, il serra encore ses trois aînés sur son cœur.

« Vous êtes les dignes descendants des Cahuzet. Quelle épopée ! Je suis fichtrement fier de vous. »

Puis il remercia chaleureusement les quatre garçons, demeurés un peu à l'écart et qui surveillaient le flux et le reflux de la bataille.

« Comment se portent la mère et les petits ?

– Autant qu'on puisse bien se porter en ce moment, répondit Amélie, en balayant d'un revers une larme discrète. »

À cet instant, un individu hirsute fit irruption.

« Nous les tenons ! Nous les tenons ! Mais il nous faut des renforts pour en venir à bout au plus tôt. Que tous ceux qui peuvent manier un fusil rejoignent le sergent Latude à la poterne. À mort les aristocrates ! »

Il disparut. Louis-Dominique eut un mouvement vers la porte, puis se ravisa.

« Ne bougeons pas, dit-il en réponse aux regards interrogateurs de ses compagnons. Nous avons mieux à faire. Des hommes meurent ici, faute de soins élémentaires. Trouvez des linges et de l'eau, nous aviserons ensuite sur la conduite à tenir. »

Ce n'était ni l'envie de se battre, ni le courage qui manquaient à Louis-Dominique. Il aurait, de grand cœur, participé à cette page décisive de l'Histoire. Mais il avait soudain réalisé qu'ils avaient pratiquement atteint leur objectif et qu'il serait stupide d'entacher cette victoire familiale par la mort de l'un d'eux. La perte de Gentet suffisait.

Un détail banal avait brisé son téméraire élan : en se levant, la lettre du maréchal De Broglie, oubliée dans son dos, s'était décollée de sa peau moite, comme on décolle un emplâtre. Alors, en un éclair, toute l'aventure de ces deux derniers jours était repassée dans sa mémoire. La valise escamotée au sieur De Launay, les diverses et vaines tentatives pour libérer son père. Cette attaque de la Bastille, la mort de Gentet et la délivrance inespérée.

Non seulement, ils avaient atteint leur but et le petit chef s'auréolait de gloire, mais ils conservaient, en lieu secret, le formidable trésor de la mallette jaune qui aurait dû servir de monnaie d'échange.

Alors, pourquoi tenter davantage le diable, toujours à l'affût d'une mauvaise action, quand le ciel ouvrait au-dessus de leurs têtes une lucarne bleue, frangée de doré ?

*

Ils ne mesurèrent pas le temps écoulé, depuis qu'ils s'étaient réfugiés dans cet hôpital de fortune, aux murs écaillés, où ils pansaient et réconfortaient comme ils pouvaient les malheureux blessés. Mais l'après-midi était bien avancé.

À l'extérieur, les allées et venues avaient peu à peu cessé. Les coups de canons et de fusils s'étaient espacés. Du moins, à l'intérieur de la bâtisse. Des bribes de phrases, captées au vol, avaient permis de suivre le déroulement de la bataille.

« Ils sont cernés !

– Prenez-les à revers par la seconde cour !

– Portez-vous en soutien à la tour Nord.

– Ils semblent à court de munitions ! »

Et tout à coup, le cri libérateur éclata, lancé simultanément par plusieurs gorges :

« LE DRAPEAU BLANC !!! »

Les chapeaux s'envolèrent, les bras se levèrent vers les cieux, chargés de lourdes volutes qui alourdissaient encore l'atmosphère déjà irrespirable.

« Hourra ! Hourra ! Ils se rendent !

– Victoire, nous avons gagné !

– Vive le peuple de Paris ! Vive le Tiers état ! »

Des cavalcades résonnèrent à nouveau dans la cour principale, entre les hautes murailles ébréchées et noircies. Amélie fut la première à pointer le nez par l'entrebâillement de la porte.

« Ne t'expose pas inutilement, ma tendre colombe, lui reprocha son père, en prenant sa place. Un mauvais coup est si vite arrivé. »

Les garçons s'avancèrent à leur tour. Grimpé sur une caisse éventrée, un individu à mine de sanglier hurlait :

« Qu'on débusque ce pleutre* de gouverneur ! Il doit rendre les clefs de sa maudite prison et signer sa reddition !

– Jacques Lejars a raison, il nous faut De Launay !

– Il est caché par là-haut !

– Il tremble le couard ! reprit Lejars. Fouillez les futailles. Peut-être s'y terre-t-il comme un lapin. »

De gros rires épais répondirent à ce sarcasme.

Une phrase, lancée d'une fenêtre, fit tomber un grand silence glacé sur la forteresse, comme se dépose un nuage de poussière de farine : "De Launay menace de faire sauter la réserve de poudre !"

Bientôt les murmures reprirent, et la grogne sourde, et la colère ! Le peuple de Paris ne

* ***Pleutre :*** *homme sans courage ni dignité.*

venait-il pas de vaincre l'absolutisme à la loyale ? Ne venait-on pas de démontrer, de façon irréfutable, la détermination et la puissance de cette majorité laborieuse, oppressée depuis la nuit des temps par une noblesse aujourd'hui odieuse et décadente, un clergé honteux et oisif ?

Et ce gouverneur à particule* osait résister !

Était-ce la voix de la raison et fallait-il se retirer devant cette injonction, ou devait-on encore se battre jusqu'à la mort ?... Il n'était plus question de reculer. Eh bien qu'il la fasse sauter sa maudite prison, si tel est votre désir, O Tout-puissant ! et si cet homme a assez de courage pour disparaître dans l'honneur de sa fonction. Qu'il la fasse sauter !

On attendit. On ne redoutait plus rien.

Mais le gouverneur ne mit pas sa menace à exécution et préféra solliciter la clémence du peuple. Il apparut bientôt par la porte du bâtiment principal, livide, chancelant, encadré de lascars goguenards et rougeauds qui le malmenaient comme un voleur.

Louis-Dominique se fraya un passage jusqu'au premier rang des vainqueurs. Il lui

* ***À particule :*** *dans De Launay, la particule « de » prouvait que la personne était d'origine noble.*

restait sur le cœur une petite vengeance sournoise dont il n'était pas très fier, mais qu'il ne cherchait pas à réprimer.

Il sortit la lettre de cachet, passablement défraîchie. Elle ne lui était plus d'aucune utilité.

Sous les huées, on poussa le gouverneur, on l'offrit en pâture à la foule. Au passage, Louis-Dominique brandit la lettre du maréchal sous le nez du pauvre homme, méconnaissable, terrorisé, et qui ne sembla pas le reconnaître, à cent lieues qu'il était de penser au vol de sa précieuse mallette de cuir jaune. Mais à l'instant où une bourrade le propulsait vers la poterne, il tourna la tête et son regard accrocha celui du garçon. Il sembla se souvenir. Louis-Dominique ne sut réprimer un frisson.

Le temps se figea quelques fractions de seconde. C'était un ultime appel au secours... puis tout s'enchaîna trop vite. Legendre, chauffé comme un fer au cœur de la forge, beugla de sa voix de géant :

« Cet infâme représentant de l'aristocratie ne mérite pas de vivre ! Combien de braves sont tombés par sa faute !

–À mort ! À mort ! »

Pressentant un malheur, quelqu'un tenta de plaider :

« Pourquoi faire une victime de plus ? C'est, au contraire, un otage précieux.

– À mort le traître !

– Il a donné l'ordre de tirer !

– Legendre a raison. À mort le gouverneur !

– À mort ! À mort ! »

Les prudents furent noyés dans la bousculade qui serra, écrasa, emporta le gouverneur. Un grognement de haine. Un choc sourd. Un râle. Des exclamations.

Louis-Dominique ne comprit que lorsque la tête emperruquée et sanguinolente de De Launay fut hissée au bout d'une pique. Il chancela, s'agrippa au baudrier d'un garde pour ne pas s'écrouler et se faire piétiner par la foule qui s'engouffrait sous le porche, hypnotisée derrière le sinistre emblème.

« À l'Hôtel de Ville ! À l'Hôtel de Ville ! »

Le mouvement s'amorça. Louis-Dominique résista au courant. Il tournoya plusieurs fois sur lui-même, se retrouva à l'écart de la vague. Stupide, il contemplait ses mains vides. Qu'y cherchait-il ? Des traces de sang ? Il ne savait plus... Sa tête vide résonnait des bruits déformés. À nouveau, il était ballotté, poussé, emporté... La nausée lui monta aux lèvres. La lettre !

C'est la lettre du maréchal De Broglie qu'il avait perdue ! La lettre qui aurait pu sauver la vie de son ennemi ! Il lui aurait suffit de la brandir au-dessus de la mêlée pour clamer haut et fort : “Messieurs, l'âme de cet individu n'est pas aussi noire qu'il y paraît. Je tiens ici la preuve qu'il était tantôt en son pouvoir de faire incarcérer un grand nombre de nos députés et qu'il s'est abstenu, malgré l'ordre du maréchal De Broglie ! Épargnez-le.”

Le délire-remords de Louis-Dominique se brisa net quand sa tête heurta le mur de la salle de garde. Repoussé par une nouvelle vague, il tituba, joua des coudes pour gagner la porte, se faufila à l'intérieur. Ses compagnons l'attendaient, silencieux et hagards. La victoire se transformait en cauchemar. Cette meute, livrée à elle-même, sans chefs réels, allait commettre d'autres exécutions sommaires.

Ils laissèrent s'écouler le flot vengeur et aveugle. Et, tandis que des femmes venaient relever et emporter les blessés, ils sortirent flageolants de la forteresse abandonnée aux derniers charognards qui fouillaient les décombres fumants, à la recherche d'un butin quelconque.

Des incendies couvaient un peu partout. D'autres éclataient ça et là. Personne ne cherchait à les éteindre, au risque d'embraser toute la ville.

Des trouillards, restés à l'arrière jusqu'alors, relataient les faits aux nouveaux arrivants comme s'ils s'étaient battus avec acharnement. Une guerre éclair avait ravagé le quartier. Les maisons avoisinantes avaient lourdement payé le tribut de la proximité.

Ils ne trouvèrent pas le corps de Gentet. Un vieillard leur dit qu'une personne l'ayant reconnu, on l'avait porté chez lui. Avant de s'éloigner, ils levèrent la tête vers les tours désertées où pointaient toujours les canons, à présent muets. La Bastille avait perdu son pouvoir dominateur. Des lambeaux de fumées s'accrochaient encore aux créneaux édentés. Malgré la perspective d'une confortable récompense et d'un avenir moins incertain, le groupe se disloqua sans grande joie.

« Allons, du cœur, grand Dieu ! s'exclama le père Cahuzet. Arrachez de vos visages ces masques de tristesse. Il faut penser à l'avenir, mes petits. Haut les cœurs ! Songez que nous sommes libres et valides. C'est un monde nouveau qui s'ouvre à nous ! Un monde nouveau où nous trouverons honnête ouvrage à notre mesure. »

Réconfortés, ils repartirent d'un pas plus alerte.

*

La famille Cahuzet au grand complet fêta dignement les retrouvailles. Ils convièrent les proches voisins aux festivités (avec les maigres victuailles qui leur restaient), se replièrent sur leur petit monde pour oublier Paris en transe.

Au soir de la prise de la Bastille, la situation, loin de s'arranger, avait plutôt empiré. Soldats, mercenaires, pilleurs, truands, mettaient à feu et à sang, la capitale.

Le bruit courait que cinquante mille soldats étaient massés aux abords de Paris pour massacrer ses habitants. Alors, on écrasait les éventuels noyaux de résistance, avant d'être pris entre deux feux. Le tocsin sonna toute la nuit. Les incendies reprirent de la vigueur. Les canons, réquisitionnés à la Bastille, furent amenés aux portes et aux passages obligés. Et on attendit l'ennemi qui ne venait pas.

*

La tête lourde, Louis-Dominique s'éveilla le premier, peu après midi. Il secoua Martin et Amélie.

« Dites, mes drôles. Pour que la fête se prolonge et que le rêve devienne réalité, il faudrait présenter notre butin à la famille. »

Amélie bâilla, se leva sans grand entrain.

« Laisse-moi le temps de me vêtir et de me coiffer... Nous avons caché la bourse à portée de main, cela n'est-il pas suffisant, pour l'instant ?

– Non, il nous faut récupérer les bijoux au plus tôt. Paris bouillonne et je m'inquiète. Martin, conduis-nous sur-le-champ à ta cachette.

– Comme tu voudras, Louis-Dominique. »

L'aîné ouvrait déjà la porte. La touffeur du zénith s'engouffra dans le rez-de-chaussée obscur. L'animation populaire n'avait rien perdu en intensité. Des troupes armées, des hordes hargneuses sans uniforme sillonnaient en tous sens le quartier et la ville.

Les trois jeunes Cahuzet évitèrent les rues grouillantes et atteignirent la rue de Saintonge. Mais à la hauteur de la boutique du chapelier, ils se figèrent devant les ruines encore fumantes de l'échoppe du sabotier.

« Par tous les saints !... »

La réserve de bois de l'arrière-cour, où Martin avait caché le magot, n'avait pas été épargnée. C'était peut-être à cet endroit d'ailleurs que le feu s'était déclaré.

Dépités, indécis, ils restèrent plantés au milieu de la chaussée. Le château de sable s'était effondré. L'aîné se ressaisit le premier.

« Ce devait être écrit, Dieu en a décidé ainsi. La richesse nous est refusée, mais nous avons réussi l'essentiel : notre père est libre. Sans oublier qu'il nous reste la bourse. De quoi nous plaignons-nous ? Et tout n'est peut-être pas perdu !

– Que veux-tu dire ? s'étonna Amélie.

– Le feu, si puissant soit-il, n'a aucun pouvoir sur les joyaux, plus durs que le roc le plus dur. »

Sur ces belles paroles, il gravit un tas de gravats, enjamba une poutre calcinée, bientôt imité par Martin. Avec sagesse, Amélie fit un détour pour arriver au centre des décombres de la cabane, recouverts par la chute des débris de la maison.

« N'allons-nous pas donner l'éveil, à fouiller ainsi ces ruines encore chaudes ?

– Personne ne nous prêtera attention. Tranquillisez-vous tous les deux. Paris a la tête ailleurs.

– Il nous faudrait des outils et cela prendra des heures pour tout déblayer, déplora Martin. »

Irrité, Louis-Dominique laissa tomber une poutre calcinée d'une centaine de livres qu'il tentait de déplacer. Le nuage de cendres tièdes ainsi soulevé les fit éternuer.

« Mes gamins, s'il me faut subir vos lamentations incessantes, je préfère m'échiner tout seul !

– Ne te fâche pas Louis-Dominique...

– Nous voulons t'aider, mais la prudence...

– Je sais... Votre déception est aussi profonde que la mienne. Allez ! Mettons-nous sans délai au travail. »

Ils retroussèrent leurs manches et ne ménagèrent pas leur peine. Ils trimèrent jusqu'à l'angélus, pratiquèrent un puits qui leur permit d'accéder à l'ancien plancher de la cabane, en grande partie consumé, et sous les lattes duquel Martin avait, en toute candeur, dissimulé le trésor. Ils grattèrent le sol avec fébrilité. Amélie triompha la première :

« Regardez ! N'est-ce pas un diamant qui brille là, au milieu des cendres ? »

En effet, il s'agissait d'un diamant de petite taille d'une ancienne bague dont la monture était réduite à une coulée noirâtre. Elle le dégagea, le frotta sur sa robe souillée.

« Il est magnifique.

– Voyez qu'il était bon de s'acharner, mes cadets ! La persévérance est toujours récompensée ! Creusons. Les autres ne doivent pas être enfouis très loin, puisqu'ils se trouvaient dans le même sac. »

Une demi-heure plus tard, les mains et le visage noircis, le corps enduit d'une sueur grasse, ils abandonnaient définitivement leurs fouilles. La moisson n'était pas négligeable. Ils avaient récupéré quatre pierres de grosseur différente, un bracelet et une broche, épargnés par miracle. Personne ne s'était intéressé à leur présence.

En toute tranquillité, ils admiraient les miettes de leur butin, à l'abri d'un monceau de gravats. Écartant la plus grosse, Louis-Dominique glissa les trois autres pierres dans une poche de toile dont il s'était muni : il fallait penser à la famille du pauvre Gentet.

Cette odyssée lui faisait entrevoir l'avenir sous un nouveau jour. La prudence de Martin, l'esprit pratique de sa sœur et les événements avaient rôdé les rouages de sa fougue et modéré l'emportement de son caractère. Sans oublier l'habileté de leur père. Il avait décidé d'utiliser les compétences de chacun pour créer un petit commerce. Il ne savait pas encore de quoi, ni comment il s'y prendrait, mais l'idée n'avait plus qu'à mûrir. Il sentait que sa facilité de parole ferait de lui un bon colporteur.

Le bracelet, incrusté de terre, brillait de la moitié de ses feux. C'était bien assez pour faire scintiller les yeux d'Amélie avec plus d'intensité qu'un firmament d'été. Louis-Dominique sourit tendrement et tendit le bijou à sa sœur.

« Il te plaît, il te revient, Amélie. »

Elle n'osa pas y porter la main, de peur de faire éclater la bulle de son rêve. Son frère le lui passa au poignet.

« Porte-le, il est à toi, désormais. Bien sûr, tu ne pourras guère l'arborer en public, mais tu l'admireras en cachette tant qu'il te plaira. »

Il se tourna vers Martin.

« Nous récompenserons nos compagnons méritants, sans oublier Pernelle, sur la bourse, ma foi bien garnie. Pour toi, voici le plus beau de ces diamants, c'est ta part légitime du butin. Plus tard, tu en feras ce que tu voudras. Quant à la mienne... »

Il saisit la broche finement ciselée. Un sourire souleva le coin de sa lèvre.

« Vous permettez que j'en dispose à ma guise ?... »

Amélie et Martin se lancèrent un clin d'œil complice :

« C'est pour la belle Guillemette ! » chantonnèrent-ils en chœur.

Mais Louis-Dominique ne releva pas l'ironie et ne se mit pas en colère. Il était déjà bien loin. Par la pensée, il se trouvait auprès de sa bien-aimée, pour déposer à ses pieds le gage de cet amour grandi par les épreuves.

Une seconde plus tard, il s'envolait vers elle...

Table des matières

Imprimé par Novoprint

Barcelone - Espagne - juin 2004